贵州出版集团有限公司出版专项资金资助项目

多彩民族文学书系

紫色的山谷
黔地考记引

王久辛 著

贵州出版集团
贵州民族出版社

图书在版编目（CIP）数据

紫色的山谷：黔地考记引 / 王久辛著 . -- 贵阳：贵州民族出版社，2025.6. --（多彩民族文学书系）.
ISBN 978-7-5412-3061-5

Ⅰ . I227.6

中国国家版本馆 CIP 数据核字第 202580138W 号

DUOCAI MINZU WENXUE SHUXI
ZISE DE SHANGU：QIANDI KAOJI YIN
多彩民族文学书系
紫色的山谷：黔地考记引

著　　者：王久辛

策　　划：孟豫筑
特约策划：谢亚鹏
责任编辑：王丽璇　向朝莉
出版发行：贵州民族出版社
地　　址：贵阳市观山湖区会展东路贵州出版集团大楼
邮　　编：550081
印　　刷：贵阳精彩数字印刷有限公司
开　　本：787 mm × 1092 mm　1/32
字　　数：140 千字
印　　张：7.5
版　　次：2025 年 6 月第 1 版
印　　次：2025 年 6 月第 1 次印刷
书　　号：ISBN 978-7-5412- 3061-5
定　　价：38.00 元

序一

情注大地任翱翔

李裴*

翻阅王久辛先生的《紫色的山谷：黔地考记引》，欣欣然似飘飞于贵州山水人文的天空，这部将由贵州民族出版社出版的散文诗歌集，是作者以诗人之眼展示其在贵州所见所闻所思所想的作品。作者饱满的情感溢于言表，用诗意的语言鲜活地描绘这里的人、这里的事，呈现出这个时代贵州大地上一幅幅山川美景和各族群众砥砺前行的美好画卷。

说到王久辛，大家必定会想到《狂雪》，就像说到李发模，必定会想到《呼声》一样。《狂雪》全名为《狂雪——为被日寇屠杀的30多万南京军民招魂》，这部长诗在"大雾"和"大雪"的比喻中，表达了对遇难者的深切怀念和对战争（历史）的深刻反思。"我扎入这片血海，瞪圆双目却看不见星光"，作者通过拟人化的手法宣泄情感，历史与现实叠加融贯，热切地呼唤着未来。读之深陷，情如沸血，震撼于"诗是从伤口涌出的歌声"。此诗获首届"鲁奖"当是实至名归。

王久辛的作品，总有一种强烈而深沉的爱，同感于"为什么我的眼里常含泪水？因为我对这土地爱得深沉……"（艾青《我爱这土地》）。这是诗人内心的坚定信仰和长久的认知修为。我每次见到王久辛，确实生出他目光如炬之感。王久辛的眼神，深邃、旷远、敏锐而又柔情似水。他心里有杆秤，正知正念，爱憎分明，"自反而缩，虽千万人，吾往矣"（《孟子·公孙丑上》）——立于世间之人，时时反躬自省，坚定信念，坚持真理，无愧良心，行走在人间正道上，即使千万人阻挠，也必勇往直前。面对王久辛，我眼前总浮现出"风在吼，马在叫，狂雪在飞舞"的画面。

大爱无疆。诗人名家关注鼓励贵州诗歌创作，如春风化雨。同志们在交流切磋中，倾肺腑之言，注热切期望。2024年，白庚胜先生应邀参加"文学里的贵州"栏目活动，语重心长，言辞恳切，盛赞贵州文化发展取得的成就，感慨贵州得天独厚的文学创作灵源之景，"山的厚重和水的灵秀"。叶延滨先生钟爱贵州，寄语贵州诗人："要写出你自己……努力完成主题写作，完成诗人的塑造。"

王久辛对贵州诗歌创作更是鼎力相助,掏心掏肺。当年,"长诗书写脱贫攻坚大英雄"组委会授予王久辛"诗写脱贫攻坚特别贡献奖",并评论说"在他体内有一种力量,叫'人心齐兮泰山移';在他生活中有一种劲头,叫'不破楼兰终不还';在他的创作中,有一种付出,叫'千磨万击还坚劲';在他的心里有一种力量,叫'三千越甲可吞吴'……他以军魂之力……竭尽全力为脱贫攻坚而努力,并带领和鼓舞着贵州的诗人努力创作"。

2021年春节期间,我写下"全国名家诗写'清镇扶贫故事'采风活动暨'长诗书写脱贫攻坚大英雄'采风创作系列活动"印象记的《情满红枫湖城》一文,记录了2020年12月26日,同志们共襄这次盛会的有关情况。其中,白庚胜、叶延滨、王久辛等"省外诗人名家的发言是颇有见地、深刻尖锐的,中肯、热情、鼓励,或宏观,或微观,或想象,或审美,或主题,或题材……都切中创作之关键,皆属过人之语,包含丰富的创作经验和深切体会,引人深思,给人启迪"。文章在2021年12月18日《北欧时报》上发表,占据大半个版面,引得众多关注和热议,尤其不少海外人士注意到了贵州的这一"不同凡响的动作"。

文学创作的灵感和激情源于生活,王久辛的实践不断印证了这一被广泛认可的道理。他行走于贵州大地，写贵州故事的这部散文诗歌集，共有散文三篇、长诗两首、短诗三十五首、随笔三篇和访谈录三篇。他有感于贵州的山水田园、人文风俗，阅读这些作品，我们看到的，皆是其"亲身经历"。阅读其中的我，满目是实地、实事、实情、实感，尤如面对面、心对心。作品的字里行间，描摹依形就样，扎扎实实，绝无夸饰，却又想象力飞扬，富有诗情画意，在他的眼里、心里、字词句中豪放地呈现着贵州山、水、人的本真。

王久辛在创作上的追求是执着而强烈的。我读他的这本散文诗歌集时感到，他并不满足于"尝谓能就所思、所见、所闻者，笔而传之，不失其真，使人耐看，便是佳文"的境界，追求"然非读书明理，有胸襟，有修养，不能有此手笔"的更高视野和更深意蕴（著名历史学家、教育家邓之诚论文的观点，恰如议论王久辛之类的创作者）。如此，我们便能更好地理解文集的第一篇《紫色的山谷》的第一句——"如坠无尽的混沌中，不知如何运笔。"作者需要时间上的沉淀，"一月刚过，一月又来"；需要灵感的爆发，"昨夜一梦，留影至今"；需要深思细嚼，"梦忆更丰富，细思极美妙"，终至"真是涵意无穷"，于是才"令我终于命笔……"。

透过真挚的文字、跳动的字符、火热的句子，我们读到、看到王久辛笔下的贵州，感受到一幅幅"具象"里，时代生活的"鲜活"和历史意蕴的"穿透"。举其一例：

你知道

什么是精准扶贫吗

——就是从北京

一直到贵州，到紫云

到板当镇，到青山村

到咱家。到咱家的老大

老二老三，还有我

落实到咱全家

每个人的头上

——管吃管穿管住

管生活管孩子上学

管孩子大学毕业后的分配

还管——给我

安排工作……

睁开双眼就是走起

闭上双目就是上床睡觉（《李小丹的猩红色忐忑与蔚蓝色想象》）

同时我也深感王久辛书写贵州的作品，其人民情怀的"浓烈"和审美创造的"邈远"，使阅读愉悦而有益。举其一例，来大声朗诵《格凸河短歌》吧，写景，写情，终是写人；景中寓情，情入于景，情景交融，终是突显人。第一句"行至燕子洞/格凸河便立了起来"，超常的想象力和瑰丽的修辞把"河立了起来"，把阅读者带入诗意充盈的世界。"蜘蛛妹向上攀登的英姿/像我热血沸腾的心……/向上，向上，一直向上/我感到蜘蛛妹的形象啊/一如历史向前时代向前/人类向前/那奔腾不息的力量"，这不正是"勤劳勇敢""天行健，君子以自强不息"的写照吗？可曾见，"立起来的格凸河上……/鱼儿与燕影的相拥与相吻/刹那间的交错相亲/惊出了我的欢喜"；可曾见，"立起来的格凸河上/有一束光柱直抵燕子洞顶……/此情此景，上下天光/在格凸河立起来的/墨绿中闪耀/这个美，是美妙的美"。多么令人感慨！贵州山水的滋养，贵州人文的熏陶，贵州人精神的洗礼，在诗人的诗句中闪耀。这就是王久辛！这就是深情于贵州的王久辛！

2021年，我和杨杰合作，以贵州的红色历史和故事为主线，创作了长诗《杜鹃花开》，责任编辑是张发贤、张基强，由贵州孔学堂书局出版，王久辛为此撰写了序言，鼓励创作的热情和提升，激励创造的激情和梦想。给我留下深刻的印象、直入脑海的一句话，堪称"金句"，现摘录于下，和同志们共勉——"把自己的真感情写出来，献给自己脚下的土地和心头的亲人。"

是为序。

---

*李裴：中国作家协会会员，曾获贵州省哲学社会科学奖和贵州省文艺奖。自20世纪80年代以来，已在《人民日报》《求是》《光明日报》《文艺理论研究》《文艺评论》《当代文坛》《上海文论》《批评家》《贵州日报》《当代贵州》等国家级和省级数十家报纸杂志发表文论、散文、诗歌、评论等各类作品600余篇，出版有《小说结构与审美》《美·有灵犀》《痕迹的颜色》《若有所思》《文化的力量》《酒文化片羽》《调查研究十七谈》等个人专著。

序二

沿着我们这个世界上最大的大海——人心,前进!
——第三届"四省边际文学周"开幕式致辞

王久辛

尊敬的白庚胜主席,敬爱的诗人、作家朋友们,大家好!

首先,请允许我向出席今天开幕式的当代中国著名诗人、我们敬爱的舒婷姐姐,表达我最崇高的敬意。是她和他们那一代诗人,以及郭小川、贺敬之、艾青等诗歌巨擘,给了我无尽的精神启迪和精神鼓舞!我敬仰、敬爱、敬畏他们的伟大创造,他们接续了中国三千多年的诗歌传统和中国新诗自郭沫若先生的《女神》开启的、具有创造品格的诗歌精神!今天,第三届"四省边际文学周"正式开幕了,此时此刻,请让我们向浙江籍的诗人徐志摩、戴望舒、穆旦,安徽籍的诗人梁小斌,福建籍的诗人蔡其矫、谢冕,以及历史上江西籍的大诗人文天祥、黄庭坚、陶渊明等诗歌圣贤,表达尊崇与敬仰!可以说正是有了他们披荆斩棘的诗歌创作，才有了我们今天新诗创作繁荣昌盛的基础，才让我们今天坐在这里如同坐在诗歌的圣殿一般倍感荣幸、倍感荣耀、倍感荣光！让我们的内心始终充盈着历代诗人不朽的诗魂，方能在说起新诗时自觉承担沉甸甸的使命和责任。

今生有幸，我曾获赠诗歌巨擘艾青先生的一幅墨宝，那是艾青夫人高瑛亲手赠予我的，上有艾青心语：新诗充满希望。六个大字，饱蘸浓墨，酣畅淋漓，寄托着诗人艾青对中国新诗无尽的希望。是的，新诗充满希望！这不仅仅是一幅墨宝，还是对新诗发展规律的高度概括。因为新诗一直在前进，一直沿着我们这个世界上最大的大海——人心，风雨无阻，破浪前进，一刻也不曾停息！

尊敬的诗人、作家朋友们，今天，我们经常会遇到一个具有挑战性的问题，即什么样的诗歌才是真正代表世界先进水平的诗歌？或者说，什么样的诗歌才是真正的先锋诗歌？高水平的诗歌，有没有一个能让大家一听、一看、一讲就能明白的标准呢？我对我们民族的语言——汉语，充满了自信，那么，我就来试着说说看吧。我认为最好的、最先锋的也最能代表世界最高水准的诗歌，一定有如下特征：诗歌整体呈极致状态，无论情感、思想、辞藻，都是极致，包括形式的创新与语言的再造，也都是极致状态的表达。目的只有一个，那就是以独一无二的，或朴素或华丽或奇异或寻常的艺术表达形式，表达出直通人心的、含着思想的意象叠加又行云流水的诗歌。在我看来，诗歌永远都是闪闪发光、直入人心的，是世界上比大海更大的茫茫人心的大海，托举起来的精神的红太阳般的——明珠。诚如诗人亚历山大·谢尔盖耶维奇·普希金所说，诗歌是文学皇冠上的明珠。而诗人公刘先生也曾说过，诗歌是精神的稀有元素。为什么说诗歌是明珠？又为什么说诗歌是精神的稀有元素？我的理解是：诗的语言是"一剑封喉"式的直指人心的艺术。也就是说，诗是以直击人心为目的的艺术。如果你的诗与人心无关，或绕开了人心，或只有所谓的语言而无他指，只有能指，那么你的这个"诗"，就要被打上引号，归入非诗的一类。这就涉及一个严肃而又庄重的问题——什么是人心？人心在哪里？

在我看来，这么多年了，仿佛大家都在回避一个久违的诗歌标准——共鸣。我认为诗歌的"他指"，就是指人心的共鸣。没有与人共振、共情、共鸣的诗歌，我以为就是没有"他指"的诗歌，至少不是好的诗歌，因为它没有情感的对应物。我知道有很多很高级的表达只能获得很少很少一部分人的共振、共情、共鸣，这里所谓的妙不可言，也是属于很少很少一部分人的。这样的诗歌是不是就没有意义和价值呢？我以为肯定有意义，也肯定有价值。但是这个意义和价值，是属于学术的，并不属于茫茫人心。从探索的意义上说，为获得艺术的、更大的表现力而寻找先进的表达方式，甚至进行持久的、形而上与形而下的种种探索，我以为是属于学术、属于试验、属于摸索，属于成功之前的千万次的失败失败再失败的苦苦求索，这令人敬佩，非常可贵。当探索试验的成果被有智慧而又富有才情的诗人掌握、运用于创作实践并获得成功，即获得了强烈的共振、共情、共鸣，探索与试验的价值和意义也就显现了出来。从这个意义上说，追求共振、共情、共鸣与暂时忽略共振、共情、共鸣的试验和探索，对于真正的诗人来说，都是一样的难能可贵，都是一样的高尚追求。因为，大家的目的都是一样的，都是要在诗歌创作这个寂寞的事业中，创作出流传后世的经典之作，以不负诗人永恒的追求。

事实上，古今中外直击人心的经典作品，都是诗人在汲取了稀有精神后创作出来的。毫无疑问，大海不是明珠，贝壳也不是明珠，虽然它们都为孕育明珠贡献了力量，但是它们永远都不是明珠。明珠永远都是由比大海还大的茫茫人心的大海孕育出来的，或者说，如果没有人心的大海，就不可能产生汲取了人心的大海中稀有的精神，来铸就闪闪发光、直入人心的诗的——明珠。

作为一个创作者，我们一定要明白：写作始终都是一个人的战斗，也可以说是一个人的"背水一战"。作为创作者，他

（她）——孤立无援、孤绝无望，全凭一己之力，却要实现超越常人百倍的鸿鹄之志，总幻想着哪一天灵感会突然爆发，写出一部流芳百世、永垂不朽的伟大经典。然而，幻想总是虚妄的，如果不能实现，不能梦想成真，那么，对一个人的精神折磨，可以说是如影随形，无孔不入，令人食不知味，夜不能寐，甚至走火入魔，不能自拔！那是大于"背水一战"的苦斗，也是泼将出去的一腔热血的拼命。文学较之科学对人精神的考验，更具有对人意志与精神的挑战性。因为，它始终都是一个人的战争，你不能也无法交付给任何人，任何人都无法帮你完成创作出一部伟大作品的任务，这就是做一个流芳百世的文学家的特殊性，也是文学家之所以伟大的独特原因。明白这个道理是非常重要的，因为当你明白了这个道理依然选择文学，说明你是个"狠人"，是个有意志、有毅力、有抱负、有决绝之心的人。这样的人不需要抱团取暖，不需要召英聚雄，不需要攀附权贵，不需要投机取巧，更不需要艳羡金钱，哪怕仅仅是一丁点儿的出卖人格——那也是绝对不需要的啊！

那么，这样的人需要什么呢？需要对生活始终如一，需要对心向往之的文学经典一往情深，需要孤独、坚韧，耐得熬煎，锲而不舍，目标恒定不移，且默默爬行，一厘厘一寸寸地孤勇前行。尤其是在一个人的时候，能够一遍又一遍地叮嘱自己：对的，对的，文学就是一个人的战争，任何人也帮助不了你，你必须独自一人去奋斗，不需要幻想，不需要理解，哪怕所有的亲人、朋友都不理解，我也要义无反顾地奋斗。事实上，也没有任何人可以帮助你实现你伟大文学家的梦想。你所拥有的，不超过你自己的双手和大脑，尤其是经历和阅读带给你的博大宽阔的体验和想象。在这里，你能把握的唯有个人奋斗的时间，要么文学占满你拥有的所有时间，在所有的时间里你都留下了饱满的文字；要么，让时间溢出你的奋斗，时间溜走了，你什么也没有留下来……这就是鲁迅先生嘲笑过的"空头理论家"，幻想总是头头是道，而实际上让时间都溜走了，成了"客里空"，成了笑话。

所以说，文学创作，没有任何捷径，只有一条孤绝的路，虽然说世界上的作家成千上万，但是成功的作家却没有一位是可以复制的。作家不能复制，诗人更无法复制，每一位都是独特的、个别的、舍我其谁的。他们是驾驭文字的英雄，是文字疆场上的关羽、张飞、赵云，他们在文学的疆场上纵马驰骋，如入无人之境，靠的就是自己的一己之力，凭的就是自己的坚定信念，他们把今生今世最认同的、自己选择的文学，当作最神圣的事业去追求，决不怨天尤人，更无一丝的后悔可言。心往文学上想，劲儿往文学上使，一个人的经历和想象，变成文字之后被人认同，并产生了共振、共情、共鸣，甚至给予人巨大震撼、启迪，使之产生了所谓的思想。能够写出这样的作品，我以为大抵上就可以说是一个合格的作家了。

明白了这个道理，我觉得一个作家或诗人就可以释然了。释然什么？释然自己的孤立无援，释然自己的形单影只，释然自己的寂寞煎熬，释然自己的不被理解，不再为自己的寂寞难耐而焦虑，不再为外面的世界很精彩而自己依然还在小楼阁里爬格子而伤心落泪。有一个词，叫"独树成林"，此语反"单丝不成线，独树不成林"的习惯认知，坚信自己可以做大做强，做成一道属于自己的风景。

是的，我敬仰那些孤绝自强的猛士，哪怕他（她）生得弱小，只要他（她）敢于把一个人的战争进行到底，我就认为他（她）是英雄，是文学的英雄。我知道，本届"四省边际文学周"的主题是"共谋新质文学发展、共建省际文化高地"。我琢磨了一下，发展永远都是人的发展，省际交流也永远都是人的交流，所以值此第三届"四省边际文学周"开幕之际，我说了有关诗人、作家一直都在思考并回避不了的漫无边际的话，权当同与会的诗人、作家共勉。衷心感谢。

（2024年8月9日下午草于贵阳至衢州G54925航班，晚改于浙江江山）

目录

散文

紫色的山谷 …………………………………（003）

上高坡记 ……………………………………（008）

梵净山行过记 ………………………………（015）

长诗

初恋杜鹃

——神游毕节百里杜鹃抒怀 ……………（025）

李小丹的猩红色忐忑与蔚蓝色想象 …………（045）

短诗

龙宫引 ………………………………………（059）

黔东南的体温 ………………………………（062）

岜沙少女 ……………………………………（064）

北盘江上的橘红 …………………………（066）

玉舍考 …………………………………（068）

霜晨月考 ………………………………（072）

第一之上的美 …………………………（076）

入仙记 …………………………………（078）

花溪考 …………………………………（080）

云雀金黄 ………………………………（083）

大蒜金黄 ………………………………（086）

土豆金黄 ………………………………（088）

醉蝶花考 ………………………………（090）

雷公山考 ………………………………（092）

违和感考 ………………………………（094）

格头村古秃杉玉树考 …………………（096）

秋芽子考 ………………………………（098）

那位少女 ………………………………（102）

红枫湖考 ………………………………（104）

这一川碧水蕴含着日月精华

　　——给季克良 ……………………（106）

气息芬芳 ………………………………（108）

青杠坡的精灵	(110)
空前绝后的魅力	(112)
鳛国美好	(115)
香舍记	(117)
茅台盛名源考（三章）	(119)
清镇白兰地发凡	(124)
格凸河短歌（三章）	(127)
蓝蜻蜓	(132)
偏坡的另一个名字	(134)
慨叹	(136)
偏坡上的长号	(137)
一见倾心的偏坡蜡染	(139)
乌当纸引	(140)
红军走过我家乡	(143)

随笔

祝贺、建议与希望
　　——在"舍不得乡愁离开胸膛"系列长诗研讨会上的
　　发言 （147）

长诗《呵嚰》将进入中国新诗史

　　——推荐李发模长诗《呵嚰》的理由 ……… （152）

面对现实与精神的、强有力的表达

　　——《欧阳黔森诗选》印象 ……………… （154）

访谈录

诗人的风骨在哪里？

　　——笔答《延河》编辑李东 ………………（167）

诗人要完成的是一个境界的书写 …………………（180）

我一直在坚持审美的创作 ……………………（199）

|散文

紫色的山谷

如坠无尽的混沌中,不知如何运笔。一月刚过,一月又来;昨夜一梦,留影至今;梦忆更丰富,细思极美妙;真是涵意无穷,令我终于命笔……

那天在韭菜坪,我如坠深渊,周围是无尽的云雾流岚,三米外难辨人物。那云那雾那岚,仿佛完全融合在一起。湿湿的天,湿湿的地,湿湿的迎面来风……一吹而过,留下一脸细细的水珠儿;却又随风而走,借助风的带动,融于身后无尽的云雾流岚之中。我不知道是云是雾还是岚的埋伏,它们聚于韭菜坪之上,慢慢地浮游着、弥漫着、晃动着,挡了我的眼,遮了我的心,我的脑海里不由自主地蹦出了两个字——混沌。

然而,我理解与想象的混沌是干燥的,没有这么湿,也没有这么凉,怎么会有湿凉的混沌呢?我意识到一个非常严肃的问题正在向我走来——混沌的温度是存在的,或者说混沌是有温度的。有温度的混沌包含着怎样的意味呢?这又是一个问题。比如这个湿凉，它表达了怎样的感觉？湿了、凉了，一个是滋润了过来，一个是退了回去，它们合起来应该是矛盾的，因为一个是来，一个是去，它们竟然都被湿凉的混沌所包含。谁说混沌不是思想？作为存在，混沌在思想之前就已经诞生，而且有温度。我要不要去证明一下混沌有没有生命？我主观武断的感觉告诉我：混沌一定、必定、肯定有生命，这还需要说，还需要证明吗？混沌所具有的内涵，是非常丰富的。它与思想一样，或者说它是思想的兄弟，它们站在一起，个头一般的高，眉眼一样的大。人间所崇拜的思想，在混沌看来都是具有丰富内涵的，与我们完全不认识的混沌一样，是博大精深的，亦是源远流长的。遗憾的是我们很少有机会，或者说我们很少有幸能够看到这个混沌，因为它是暗物质世界中的一部分，我们人类几乎看不到它的存在……

事实上，我是来看韭菜花儿的。据说韭菜坪的韭菜花儿与平原上的韭菜花儿原本是一个品种，但是长到了3400米的高原之上，尤其长到赫章的韭菜坪之后，它们就变了，原来的小白花儿，变成了紫色的，而且比平原上的花簇大了五六倍，是紫色的花球，一株一团，一团一株，高了一倍，摇头晃脑，一望无际，似紫色的山巅。居其上而环顾四周，呈现出来的是不一样的波浪状的原野，各种各样的流线起伏，构成了一幅幅生命茁茁而生的动人画面……可惜，我的机缘不佳，待我与子潇终于来到山顶，映入我眼帘的竟然是云帐雾帐的千重叠嶂、岚帐霾帐的万丈深渊。我陷入了混沌的世界，我不知所往又不知所措，沿着栈道环视一圈之后，便觉得索然无味。

于是，我便驻足，与身前身后的韭菜花儿对视了起来。开始我是站着欣赏，后来便蹲了下来，再后来我干脆拿一张纸垫着，坐在韭菜花儿中间。我被紫色的花儿包围簇拥着，我一株一团、一团一株地欣赏……我发现真正的紫色，是含着青含着红透着亮的颜色，近前细看，犹如在放大镜下欣赏，才能真正看清楚那青红融汇的紫色，在那紫色的花冠上，是一粒粒的青红的翡翠，而且还有暗暗的光在闪烁。一粒粒青红的光在光的青红里互相映照，你照着我，我照着你，一团的光照着一团的青红，一团团的紫色花球，在一团团的雾岚飘过的细沙般的水雾中形成了一个个青红挂露的毛茸茸的云团。紫色的云团，一个挨着一个，一个个晶莹剔透的青红，闪耀着青红剔透的微光，一片微茫中的紫色海洋，静静地漫过了山岗，于寂静无声中升腾起一种天然的高贵的气息，于我的周边弥漫……

这当然不是天堂。这是人间罕见的花色，还有一些寒凉的感觉陪伴。这说明我所遇到的风光是真实的，真实得令人震撼。其实，美感的入侵是不宣而至的，甚至是突如其来的，任何人准备的好心情都是无用的，包括准备的最好的相机，也是无用的。在这个混沌的世界里，你还能拍下什么呢？美的呈现需要美的心灵，一个美的心灵的深处，始终跃动着一个吸纳着美的心脏，它并不需要太多的东西，在韭菜坪，它需要混沌的境界和一点点湿漉漉的寒凉，就足够了。无须尽望，也不要扑面而来，那些一望而来的美，属于无心的游客。在这里，最后所需要的，仅仅是像我这样默默地坐下来，坐到花的中间，静静地欣赏身边的青红合孕的紫色，欣赏它的形色身姿，它的如米粒般大小的花朵所散发的微光，它的亭亭玉立之上的紫色的云团，它的云团之上的花露所蕴含着的晶莹的丝丝清香，它的唯一的风姿绰约，它的绝无仅有的不与人同……

于是，我终于命笔。在韭菜坪，我陷入了混沌；于韭菜坪的混沌中，我坐下来，双眼又看到了韭菜花的形色姿容。我一直都认为：想象即思想，思想即想象。一如清晰即混沌，混沌即清晰。哪怕坠入五里雾中，你都可以凭着想象，想象到更为真实美妙的境界。但是，这里埋着一个想象的依据，真实的依据。如果没有韭菜坪上真实的韭菜花，那么，你就无法想象由一朵花而蔓延开来的一个坡、一座山、一片山的紫色的云蒸霞蔚。现在，我可以想象了，不要那么多，在混沌中，我感知到了湿凉与一团紫云的飘过，我下意识地想起了散文家张长先生的名篇《紫色的山谷》。我记得张先生写的是云南的傣家姑娘裙摆上的紫色漫入山谷时的感觉，而我想写的是贵州赫章的一个山谷——紫色的山谷。我由韭菜坪上的韭菜花的此，想到了彼——属于我笔下的《紫色的山谷》。从赫章归来一个多月了，而韭菜坪上的云雾流岚，始终围绕着我，直至昨夜梦前，我仍然驱之不去，感觉自己此次的毕节之行，怕要只字未成了……尔后，入梦，不久便脑洞大开……起先是坡上的一片紫云飘过，而后是那紫色沿着坡向下漫过，再后来是直抵坡底的一片紫云的弥漫……那一凹谷底的紫色抱着万颗晶莹的露珠儿在一束阳光的照射下，反射出无数丝丝缕缕的光芒，交相辉映，和团拥抱，又沿着谷底漫上了山岗，山上山下，一束光所折射出来的光芒，竟然把整个山谷照得亮亮堂堂，每一团上的光都是无私地放射，竭尽全力地放射，毕其一生地放射。哦，这一个山谷的紫色，紫色的山谷，是真正的光的山谷，光的交响，光的画卷……

嗯，梦醒了。之后，我终于命笔——先要谢过主人的盛情邀请；再谢谢我的梦，使我得此一文。

（2018年10月20日于京华，12月7日发表于《贵州日报》）

上高坡记

从贵阳龙洞堡机场到花溪高坡乡扰绕村有一百多公里，按时接上我和女儿的司机告诉我：扰绕村是整个黔岭接天最近、地处最高的村子——也是我和女儿这次要去那里看星星、看流星雨，感受皎洁月光静流漫延、银辉轻扬并以之独特广博的深情，让这里的万物生灵沐浴其中又令人神往的地方。

女儿有点兴奋，这是意料中的，她喜欢自然气息浓郁的地方。第一次来贵州，我指着车窗外的山和乡野的景物给她看："怎么样？贵州就是大自然，大自然就是贵州，爸爸没说错吧？"嗯，女儿应承了。这里的山是一座一座馒头形状的山，横竖成行，连绵不绝，而且是一绿到顶，四季常青；不像北方的山，庞大雄伟，气势不可阻挡，冬春两季百木凋谢，漫山遍野都是土石原色。看看吧，这都四月天了，春草才刚刚萌芽出绿，绝大多数的树木枝头，还是光秃秃的，萧疏的枯枝上，偶有几只麻雀在叽叽喳喳，仿佛在表达着春天到来的点点生机。与之相比，贵州的山就绿得有点假了，而那似假还真的山上,却有着湿漉漉的雾岚在浮动着毋庸置疑的真,那是一望无际的毋庸置疑,让你毋庸置疑地喜欢这山、这水、这葱绿的万千气象……

一小时后,我问:"到扰绕村还有多远?"司机回我说:"马上。"之后不到五分钟,车停下,到了。我心生疑惑地问:"不是要上高坡吗?怎么没感觉到上坡呢?"司机说:"我们这儿的路平展,上坡时您感觉不到的。"嗯,这就是贵州"村村通"公路带来的新感觉吧。人世间的确有很多困难是客观的,如果你早早将困难问题解决了,排除了,一切也就迎刃而解了,当然也就不会觉察到困难的存在了。是,困难曾经存在,只是现在不存在了。这说明那是有人排除了这个困难,现在让人感觉不到了而已——一切都顺顺当当,平平稳稳,没有意外,没有悬念,这就是精准扶贫之后的新变化吗?

战国末期的宋玉说:"风起于青蘋之末。"推而广之,大风,正风,好风的兴起,都是从细枝末节开始的。扰绕,苗语为美好的意思。而扰绕村呢?我猜大概就是鲜花盛开的美好村庄之意吧。小村位于高坡乡西北部,平均海拔1500米。过去,这里几乎是没人愿意来的地方。高,风大;没公路,运点儿东西上来很费劲儿;加上生产力水平低下,几乎没有什么机械化农业。那天,我们的车子进村后拐了几个弯儿,眼看着要出村了，却又慢慢地拐了一个小弯儿，之后，才稳稳地停在了一座小别墅的边上。哦，难道说这就是扰绕之绕吗？小别墅的对面是一片阔大的盛开中的油菜花地，抬头望去，金黄的波涛一直漫到了坡头的边沿，好似一盆金色透明而又沁人心脾的馨香迎面泼来，把我们旅途的疲惫一冲而尽。我在惊艳小村周边的金黄耀眼之余，思忖：车子怎么一下子就"插"到了田间地头，而我们居住的宾馆，竟然也在田间地头？这个接的可不仅仅是地气，而是天籁穹窿之音韵啊！

推开低矮的小木门，进得别墅的院内，清渠绕房，小桥伸入门楼，一座颇具现代气质且有点儿中国庭院风格、装修精致的四层小楼，便展现在我们的眼前。疫情尚未彻底结束，进楼，一楼前台的工作人员要给我们测体温，还要填写身份证号码，拍照留底，分发房卡，完全是正规宾馆的程序。我是住进了扰绕村吗？还是扰绕村里就有这么一个小别墅式的宾馆，专供游客居住呢？怀着这个念想，我来到了二楼的房间，房间不大，有卫生间、写字台、电视、床头柜。令我惊喜的有二：一是有电褥子，我知道高坡之上，早晚会凉，没想到房主会有如此细致入微的考量和安排；二是房间与阳台由钢化玻璃隔离，拉开窗帘，不用开门，敞开式的阳台只有铁栏杆儿稍有一点遮挡，躺在床上就可以看到漫至高坡边沿的金黄——无际的油菜花海……

这意外的风景,是任何的诗情画意也不能替代的,真的风光,真的情景,真正的油菜花的气息,我,或者你,只要来呼吸一下,就能够品尝到金黄花香的味道……若是再动动身子,下床推开阳台的门,那浓郁的花香便会蜂拥而至,让你陶醉其中,哈哈,这是意料之中的事儿。所谓伊人,近在眼前,就是你,就是我,就是这此情此景此地的慷慨给予,就是那金灿灿的高坡乡,就是入梦的美景,令人疑似天宫的扰绕村的油菜花地……

我在想,如果花香也有色彩,或干脆就是金黄的,那该有多好?一推门,金黄夹着鸟语,啁啾着一齐挤进门来,啊呀呀呀!那不就要被金粉扑面、被鸟语清心了吗?所有的来人都成了金塑活雕?来人成了自然天籁的一部分,既是天籁的享受者,又是天籁本身,这该是多么的奇妙啊!有时候,我真的是爱奇思妙想,人说花语无声,而我觉得花语一定是有声的情物,否则怎么会有彩蝶飞来、蜜蜂钻入?那一定是她们的花蕊如歌喉一般,以我们凡俗之人所听不见的从内心深处发出动听的歌声,打动了蜂蝶敏感而又易动的心,成群结队地寻着沁心入魂的奇香逶迤着曼舞着飘游而来……

正像这个设计精美的小别墅,如果不是刻意而为,为什么阳台的隔断会完全用钢化玻璃呢?其实,所有的用心,都会被人发现。阿图尔·叔本华说生活即艺术。当扰绕村的村民已经有了艺术之心,并以此心来设计自己的生活和生活中的一切场所的时候,谁能说这不是又一次的因精神升华而获得的新的更美好的生活呢?是的,扰绕村辖4个村民小组,2个自然寨。我原以为我住的是个小宾馆,其实,是扰绕村无数民宿中的一个而已。现在,全村107户,户户脑洞大开,在政府精准扶贫政策的支持下,他们大胆地招商引资开发旅游资源来建设新农村,把高坡与天接近的地理优势发挥到了极致。他们向诗意的生活出发,把一个个古老的苗寨的茅舍,改造、建设成了城里人非常喜欢的,住着既舒适又能看星星、望月亮,逛山野、串茂林的民宿村寨……

我们住的这家民宿,是一位看上去不到四十岁的女士在经营,她告诉我,这个民宿小别墅,是她与三个闺蜜联合与房主和村委会签约,投资70万元改造建成的。别墅前的油菜花地,是她最得意的地方。她说,投资前她先问了村委会,得知这块大田是种植田,绝对不会再建房后,她和闺蜜们都动心了。于是,她们合资并设计建成了这个四层小楼。特别值得一说的是:她们特意设计建成的顶层,是玻璃穹顶——星月屋,专门为浪漫的游客来看星星、望月亮设计的。她介绍说:"我们想啊,城里的青年夫妻在城里住腻了,到这里住几个晚上,夜里夫妻俩一起看着星星、月亮遐想未来,那该多么的美好啊!"为人之美而美建其美屋,大于自美是谓大美矣。其实,我想象的是老年夫妻来住的情景,当然他们也肯定会看星星、望月亮的，只是那心思情潮，一定是"忆往昔峥嵘岁月稠"。想想看，他们相濡以沫，说着点点滴滴的酸甜苦辣，会不会忽生日已暮的慨叹？如果我们说年轻人在享受爱情甜蜜的美好，是人间四月天的好，那么，莫不如说老年人在一起回顾与总结的是爱情林林总总的不一样的滋味，那个情景也令人心动。当然，他们与他们，年龄虽然不同，但此时此刻所说的，肯定都是情话，虽然此情话与彼情话，是完全不一样的情话。那我也还是觉得老年人的爱情似乎更真切、更珍贵。他们说自己的时候很少，能来此地看着星星月亮说，那该是多么幸福美好啊！而且有永恒之物——星星和月亮做伴，这该是一件多么令人神往的事儿啊？中国人的老年生活，其实也并不清闲，即使他们退休了、没事儿了，来此说了"情话"，那一多半儿，没准那"情话"主要的内容，仍然是自己的子孙！有时候我想到此处，常常会羡慕欧美人，即使带着老伴儿来到这个星星屋观赏星月，恐怕所说的"情话"内容，也不会有子孙什么事儿吧？想想咱中国人的操劳勤奋，一旦享受着浪漫的生活，会不会比那些万事都不太上心的外国人，更觉得美好呢？

那是当然，为子孙未来的美好生活畅想，也是美好浪漫的一部分。总之，不管是哪一个年龄段的哪一部分人来，在看星星、望月亮的情境中，都是同样的一个难得的体验。在扰绕村村民的浪漫开发中，我真真切切地感受到了一颗颗美好浪漫的心灵，我在心里小声地赞叹：美啊，好啊，美——好啊！如此浪漫的想象在过去可能永远是想象，而对于今天手有余钱、心有梦想的扰绕村人来说，美予美人，美人之美，美美与共，实现它才是最惬意最美好的事情。我告诉房主："我就是带着女儿来看星星、看流星雨、看月亮的。"她不无惋惜地告诉我，昨天她看了天气预报，预计未来的三五天，都是阴雨天。她说："我怕你们这次要失望了。"果然是，一连三个晚上，高坡乡扰绕村都是细雨夹雾岚的阴雨天，到了晚上，天黑得更是一丝亮缝儿都没有，星星也早就被藏进了夜幕深处。遗憾是肯定的。我想象了无数遍的流星雨在晴朗的夜幕上嗞嗞乱蹿的情景，只能留待下次来看了。

永恒的诱惑在永恒的渴望里。也许我与女儿这个没有实现的计划，会让我们的心里继续渴望着高坡乡，渴望着扰绕村。我突然觉得：留下一个渴望在心里，刚好可以把那个遗憾压盖严实，更何况这个渴望里有星星、有流星雨、有银色的月辉挥洒在漫长无尽的夜空，那不是一样的美好吗？

（2021年4月27日5时9分草于北京）

梵净山行过记

  经查考：梵净山，于汉代正式载于史册，《汉书·地理志》称梵净山为"三山谷"；唐代《元和郡县志》改称"辰山"；宋代《太平寰宇记》称其"思邛山"。此后，随着佛教渐入中国，此山到了明代才有梵净山之名。可见，此山并非佛教专属，是后来人接纳了佛教于其中而已。我理解：梵净山，在这里为"清净""寂静"，即回到内心，谧静修身之意，亦非佛教专属。但凡人有兴致，皆可来登高望远，舒放身心，强筋健体，补充元气，无须吃斋礼佛。就是说，梵净山乃天下人之山，与信不信教没什么关系。

——题记

  我8月7日飞抵遵义，8日到达铜仁，9日上午随贵州省作家协会采风团一行，来到梵净山下。之后，改乘景区专车，盘绕20分钟，至缆车站停下，再乘空中缆车，开启第一个观光环节。据说梵净山有两千七百多种动物，其中黔金丝猴为国家一级保护动物，被誉为"地球的独生子"，仅存七百余只。还有熊猴、猕猴、云豹、林麝、毛冠鹿、苏门羚、穿山甲、红腹角雉、白冠长尾雉和大鲵等多种国家级保护动物。缆车上，我睁大眼睛，四处张望，许是太高，我还是一只动物也没看到，却闻鸟语雀鸣，啁啾歌唱。看来，会飞的不仅有翅膀，还有天籁般的歌声，一样的清新动人。

遥望窗外原始的山林景象，真是令人迷醉。我们的缆车由山洼向一座座雄伟壮观的山头徐行，感觉很是惬意，轻轻松松就翻过了层峦叠嶂的大山，要不是乘坐缆车，估计我今生今世都不可能如此近距离地看到梵净山腹地的风光，更不可能由近及远地眺望海拔2572米高的梵净山主峰——凤凰山。只见那绵延的山峰上缠绕着行云，感觉我们在走，它也在走，方向刚好相反，所以走得飞快，这恰好应了那句"看云卷云舒，去留无意"，而我不仅有意而且有心。但是，一样的留不住，那云雾的散开与浓雾重来势不可挡！看，此刻有几缕阳光穿过云雾，斜插山峰，那金色阳光把峰尖瞬间照亮，像一柄镀金的宝剑之锋，闪闪发光，巍峨坚挺，真是"刺破青天锷未残"啊！哈哈，这才是我想要看见的雄峰啊！山峰似在走，一刻不停。所谓最美的风光，其实就是这样活的、真正动人的美景，而且永远都是一次性的，不可复制，像好诗一样，都是即兴的极致的闪光，一瞬一瞬的，捕捉到了，是福分，捕捉不到，那就是天意难求啦！所以，旅游永远充满了诱惑，你不知道下一站会遇到何等奇幻的神迹。喜欢旅游的人，不辞劳苦，登高爬低，大抵都是渴望着获得新异神奇的风光之人吧？好好，那就继续加油。

的确，好景一闪而过，然而给人留下的美感，潜入心底，没准儿啥时候，就会冒出来，闪现眼前。到站了。下了缆车，我们一行再次团聚，听导游介绍，她说："从现在的索道站出发，如果上下时间都算上的话，到森林栈道，要四十分钟；再往蘑菇石，要二十分钟；从蘑菇石爬到老金顶，要五十分钟；最后，到达红云金顶，还需要三十分钟。这是梵净山的精华路线，全程三个多小时，大家随便选择一两个景点或全程游览吧。我在前边带路，大家跟上，出发。"于是乎，大家就跟着她，开始一个台阶一个台阶地向上、向前快速地迈步……

这两年，我每天坚持快走一万步，所以，我起初满不在乎，开始走得飞快，心想：按邓小平同志的话"跟着走"就是了。然而，始料未及的是：向上的台阶没有尽头，而且越来越陡，后来我的左膝关节竟然一用力，就炸裂般地疼，每向上一个台阶，就要闪电般地疼一下。我前边的作家王剑冰显得很轻松，一会儿就蹿出老远，而我后面的诗人高旭旺，似乎也随时都可以超过我。要知道，他们俩都比我大三四岁，我岂能落后？忍着疼痛上吧，但每上一阶，左膝关节就要炸裂般地疼痛一下，一下一下地，让我实在难以忍受，怎么办呢？我冲上喊道："上边平台还远吗？"前边的王剑冰说："不远了，马上就到了！"于是乎，我鼓足勇气，着力于右脚用劲儿，尽量让左脚踩实之前，人就跟上去，这样似乎好了许多。我寻思着，过去没发现左膝关节有毛病呀，该不是这次的梵净山之行，在向我发出预警吧？

终于来到了平台，这里是眺望凤凰山的最佳角度，大家围在平台上轮流与凤凰山合影留念，我说："我怕不能继续上了，左膝关节一用力就疼。"高旭旺很关心，说："兄弟，旅游就是玩儿，不必较真儿，别上了。"王剑冰凑过来说："我陪你，咱哥俩在这周围转转也挺好。"而此时大家已经拍照完毕，又要接着向上爬了。诗人南鸥头发白了大半，且脑袋后束了一个大马尾辫，加上额头前的刘海儿在山风的吹拂下轻轻地扬起，自然就有了几分仙风道骨的感觉。他见一个女性摄影爱好者正对着他拍视频，他也不含糊，立刻就冲着镜头喊叫了起来："亲爱的朋友们，我老汉都九十一岁了，照样上了老金顶！你们这么年轻，上吧！上吧！没有问题的呀！"哈哈哈哈，这个贵阳来的"大忽悠"，不仅把周围的游人鼓动得加快了上山的脚步，而且也把大家都欺骗了，他不过五十岁左右，竟然谎称九十一！这也太能扯了吧？然而事实却是鼓动得人们更有力量了。幽默无处不在啊。

于是乎,我和王剑冰便留了下来,刚找了个石条凳坐下来歇脚,就听到那个拍南鸥视频的女子惊呼了起来:"快来看,快来看,刚才拍的那条短视频,发出就这么一会儿,竟然十万加了。"她拿着平板给身边的小伙伴们看,眉飞色舞,喜形于色,大嚷着:"千元奖金大红包,拿下!"她身边的小伙伴们也跟着喊:"厉害!拿下,拿下。"说着便一齐向山上拥去。

我与王剑冰一边闲聊,一边看着上上下下的游客。我发现,上山的都是低头向上,面无表情,偶尔抬头,也是向上张望,充满了对未知的茫然,仿佛在问——还有多远才能到?而下山的就不一样了,无论老少,一律充满了自豪感和满足感,与上山人眼里的茫然相反,是知道了真相之后的,或张扬或内敛,或淡然或一副无所谓的神情,这是不是有点儿人生的况味了呢?上的上,下的下,摩肩接踵,匆匆忙忙,不同的体验却有着不同的感受、不同的发现与收获,而我和剑冰兄的不上不下又该有怎样的感悟呢?还是毛泽东同志英明,他早就体验过这一切,所以他有名句流芳百世:"冷眼向洋看世界,热风吹雨洒江天。"还好,那天还真下了点小雨,洒在了我们下山之后的盘山小路上。

其实吧,没有登上老金顶与红云金顶,我的内心很是遗憾。傍晚聚餐，时任铜仁市人民政府副秘书长的张晓亮坐在我身边，似乎知道了我的心思，便对我说："梵净山方圆七百里，与印江、松桃交界，是沅江与乌江的分水岭。我从小到大，从各个角度多次上过梵净山，但每次的感受都不一样，你这次只是从一条路上了个半山腰，也就是打了个'卡'，与所有第一次上山的人一样，对梵净山的认识都差不多，也都是个'打卡'的级别，没什么好遗憾。要真正认识梵净山，就要常来，反复来，来上十次八次，二三十次，一来就住到山里，吃山野饭菜，住山风吹的茅屋，爬没人走过的山坡，那到了红云金顶，才能看到梵净山真正的风光。"

"你看到过红云金顶吗？"我问他。他说："我上过三百多次金顶，只遇到过一次。""那是个什么景象呢？"他说："那次是陪我妹妹一家三口，天不阴不晴，也还算是晴天。时间有限，他们来几天就要走，所以选好了日子，就不能变了。那天大雾弥漫，我们是顶着雾岚上到了金顶，结果，上下左右都是白茫茫的云雾，俗话说的'如坠云里雾里'，就是那个感觉。一家人都被云雾遮挡，互相谁也看不见谁了，你喊我，我喊你，周围的游人也是一样，都在喊，都被云遮雾绕得找不着北了。这时候，天空突然射过来一道金光，之后变成了金环，只见那云雾绕着金环向上翻滚，从下而上，不停地翻滚，不停地翻滚，奇妙、奇幻、奇特之极！持续了一两分钟，然后，瞬息之际，就又回到了重云密雾的遮蔽状态。我就见到过这一回，去过三百多次，总算是见证了一回'红云金顶'，情境无二，终生难忘。"

如此说来，即使我上去了，也很难见到、遇到红云金顶，然而我仍然渴望着能一睹它的真容。于是，我便给张副秘书长发了个信息，问他有没有照片。结果，他真的给我发了三张照片，但与他讲的如身陷囹圄般的云雾之中，完全不一样，应该是航拍的，那是红日东升之际，只见云海汪洋之中，梵净山主峰凤凰山只露了个头，周边全是云雾的波谷浪峰，绵延无尽，在红日的普照之下，曙红漫透金黄，金黄泛着曙红，红彤彤中含着金灿灿，金灿灿中裹着红彤彤，像画一样，万顷碧空，无穷无尽的辽远……

嗯，大美难得，还得是航拍，得科技大发展。否则，没有如此技术，没有手机微信，我如何通过那被描绘得神奇迷人的红云金顶，看到这大自然真真切切的、大美壮阔的无限风光呢？

（2024年8月23日，北京）

|长诗

初恋杜鹃
——神游毕节百里杜鹃抒怀

看杜鹃花的花海里

翻腾着杜鹃花的波涛……

——引徐迟《生命之树常绿》句为序

一

这惊人的美色源于少女无瑕的期待

不曾被唇亲吻

不曾被欲望惦念

有寂寞的红孤傲的黄

有温馨的橙娴静的蓝

和白色的圣洁粉色的娇嫩

甚至还有紫色的神秘与高贵

哦，七色杜鹃

美艳中夹着清纯的丽质

妖媚里含着娇羞的内敛

晨光的纤指拂着轻摇的花叶

彩蝶的翅膀扑闪着素香的纯白

她？不。是她们——

一簇又一簇杜鹃的花瓣儿

泛着各不相同的娇嫩的容颜

伸着薄彩的花翅，一瓣两瓣

簇拥着轻启微漾的芳蕊的莹鲜

比露珠更晶莹

比星星更明亮

是含着芳香的水晶

是一碰就破的花仙

似溪边欲飞的鹭鸶

似梦中含笑的牡丹

楚楚动人让你一见钟情

矜重有度令人朝思夜盼

哦，我来到她的身边

不是为了艳遇

而是寻找我少年的初恋……

二

她千娇百媚

却又历经风寒

一树马樱红似火

万树红火映蓝天

蓝天披锦绣

锦绣香漫山

奇异芬芳如霞缕

先铺大地

再盖蓝天

天地之间织彩带

如梦，又如幻……

啊，那不是渴望

不是对爱的企盼

是少女惺忪的睡眼

迎着第一缕朝霞

轻轻张开的眼睑

哦，含着祥和又孕着香甜

带着灵秀又泛着光鲜

望一眼

便终生难忘的美目啊

仿佛

望着今天，和明天

也望着昨天

我们相知相恋的缠绵

我什么也没说

我说不出话

我目瞪口呆，我知道

我知道我的心怦怦狂跳

和你的心一样

想起了从前

哦，我来到她的身边

不是为了艳遇

而是寻找我圣洁的初恋……

三

那一片

那一大片的杜鹃啊

每一朵都闪烁着

动魄惊心的美艳

她们沿着黎明的霞帔

开始微笑

笑脸迎着山风的清凉

和花瓣上滚动的太阳

款款地向人们的眼瞳走来

抚摸着流岚的轻扬

仰望着白云的银亮

粉红的似少女的芳唇

洁白的如少女的贝齿

飞舞的红唇

闪着莹莹的玉色

在金橘色的霞光中

把百灵鸟的啁啾包含

啁啾含着光在画眉岭上歌唱

歌唱带色的光

在花丛中柔柔地闪

闪着带光的歌声

在山山岭岭间缠绕

缠绕着无垠的艳丽

回荡在辽远壮阔的彩云间

旖旎娇媚的绚丽与光华啊

妖娆又辉煌

把山河装点……

那是一大片

一大片连着

一大片

含着啁啾的光

在山上盘旋着飞

在湖面上嬉戏着飞

在游人的心上骄傲地飞呀

一瞬瞬

一瞬瞬的美哟

闪电般掠过人心

一闪，一闪

如玉指拨动心弦

弦响铮铮，铮铮弦响

又如仙女一群一群

飘飘徐徐，徐徐飘飘

飘到眼前，飘到我身边

哦，这美神如此动人心弦

即使不是为了艳遇

也令人想起刻骨的初恋……

四

啊,五光十色的缤纷烂漫

犹如不同服饰的亭亭少女

她们轻喘着不同的鲜香

香啊,四十一种香①

交相辉映

恰如交响乐的华彩

在百里山水间萦回

抑扬又起伏的花海

翻卷着起伏又抑扬的杜鹃

一波一波涌到你的面前

你被一峰峰的花波掩埋

在花峰浪谷间神游

犹如与当年的情人拥抱

那个酣畅啊

几近贪婪

而那起伏的风吹着抑扬的花

又随着山峦的起伏抑扬

---

① 四十一种香:指贵州百里杜鹃风景区有杜鹃41个品种,涵盖杜鹃花5个亚属的全部品种。最难得的是一树不同花,即一棵树上开出七种颜色的花,百里杜鹃风景区因此被誉为"世界上最大的天然花园"。

而抑扬起伏

多似热吻后的少女

那起伏又抑扬的酥胸

在把难耐的心跳遮掩

哦，花的浪花的峰哟

千峰叠起悠扬的七彩

万花汇成芬芳的汪洋

一浪高一浪

花峰如嶂

勾起人无尽遐想

哗——

又把人拽回鲜花盛开的人间

像天理那样果断

像人道那样自然

像赤诚那样鲜艳

艳啊，漫山遍岭的艳啊

一直漫到了天边……

五

寻着跳坡节上少女的歌声

我把中年的忧伤排遣

落寞的情绪随起伏的花朵

一点点消失

而歌声的清丽

又把我的向往点燃

我变得意气风发

双眼也流露出无尽的留恋

那优美轻盈的歌声啊

既含着粉色的纯正

又把热烈的鲜红裹在里面

我又回到少年啊

那痴愣愣的呆傻

常与莫名的羞赧相伴

她让我想起了我的初恋情人

还是那么纯洁美丽

像绽芽儿的花蕾

现出花心点点

又似蝶翼翩翩

扑扇着万般娇媚

那么轻盈

又那么柔软

仿佛米底河的水哟

荡漾着少女谜一样的波澜……

啊，过去的就让它过去吧
我宁愿守着最初的感觉思念
也不愿为世俗
而把这一切中断
我的心
只珍存没有杂质的真情
哪怕这真情只有那么一点点
或一小段儿
我也会把这真情藏在心底
化到血里
融进梦里
让它在我的周身流淌
不分昼夜
直到永远，永远……

六

美不是美的本身
美是灵动鲜活的丽眼
是丽眼的扑闪灵动
灵动扑闪出的
心醉神迷

是心醉神迷的渴望期盼

幻化出的歌声

是歌声在心上缠绕

缠绕出的小溪潺潺

一团团如丽眼飞翔的杜鹃啊

把我的心照亮

把我的情儿牵

我要亲吻歌儿一样的杜鹃

我要杜鹃含着我的吻一样的歌儿

遍植群山

让所有的游人啊

不仅心动如潮

还要梦魂萦绕的痴迷苦恋

苦恋的失恋人啊

请你为你的恋人祝福

像你祝福这美丽的杜鹃

我要祝福你那感人的苦恋

不曾拥有的为何还在心底

心底的恋人为何像燃烧的火焰

挥之不去的她呀

风雪之夜为何给你送来温暖

因为你已超越了爱情

而爱情却在你的血液中漫延……

七

苦恋的杜鹃鸟啊

你为什么啼血

为什么你的单相思

像那盛开的簇簇杜鹃

红遍山岗让人认识赤诚

白遍天涯令人理解纯洁

紫遍阡陌命人梦见高贵

黄遍桑田让人见识灿烂

哦,美并不是美的本身

美是万物生灵的精神

时刻把人心感染

啊,我要歌唱怀恋者

他们是含着爱的南国红豆

是明知徒劳而仍啼唱的杜鹃

是战胜了失爱与孤独的天使

是报春的第一朵迎春花

然而却没有得到真爱的甘泉

是感时花溅泪的伤情

是恨别鸟惊心的离愁

是人所具有的

我都具有的博大与丰富

是付出了没有回报的

执拗与奉献……

八

哦,我在百里花海中漫游

迷人的花团缤纷璀璨令人目眩

览胜峰上红杜鹃红得透心

百花坪下白杜鹃白得刺眼

红白相映的光彩啊

把热烈与雅静推到了绚烂

她为她内心的美而盛开

盛开了就盛开了

决不会把付出的一切清算

不是宽容

不是麻木

是魂归自然

是自然魂归

像太阳有升又有落哟

似月亮悄悄挂在中天

嗯，美吗

美——美的自然

自然的美啊

才是真正的大美无限……

她打动了多少妙龄少女的芳心

又勾起了多少英俊少男的思念

我知道她是圣洁的花神

如出浴的西施

似微醺的赵飞燕

她含芳带露呼之欲出

她粉妆羞媚巧笑顾盼

她是夺魂的迷离

又是还神的妙曼

嗯，她就是她

美在天然无雕饰

自有蝶恋伴流年

啊，我来到她的身边

不是为了艳遇

而是寻找我痛失的初恋……

九

数花峰上我把花峰细数

每座花峰啊

都有我爱恋的容颜

尤其那鹅黄的杜鹃

让我忆起少年

那时候啊,那时候

她初开的心啊

每一次的微绽

都令我获得狂喜般的发现

我发现我像杜鹃那样

不曾被纤尘沾染

赤诚之心像杜鹃那样怒放

不曾有过一丝的怨言

并且——

蔑视私欲把公平当作秤杆

崇尚高洁仰屈原心追先贤

渴望爱情把《梁祝》哼吟至今

寻找浪漫把真情捧上蓝天

我发现啊

我的皎洁如鹅黄的花瓣

金黄,娇嫩

却又志洁行芳

一如杜鹃不变的艳色

坚贞如洗

不改真颜……

十

哦,我在奢香岭①上寻找爱情

美丽的传说犹如人间的美德

他们把志同道合演绎成绝唱

又把恩爱变成石头

雷击不烂

他们既是前驱又是来者

任何时候讲起

都那么新鲜

不慕虚荣把朴素当作箴言

不追时尚把坚定当作信念

热爱生命啊

珍惜所有的时光

---

① 奢香岭:位于贵州省毕节市百里杜鹃景区的普底景区。

酷爱生活啊

把每一寸土地都当作花园

传说中的恋人啊

挥洒的汗珠

在花蕊般的心上滚动

而爱情就像这百里的杜鹃

每一株的根

都深深扎在这山环水绕的绿水青山……

十一

哦，望一眼那铜枝铁干

花硕如团，团团相抱

把枝压弯，把杆缀满

多像灌注了责任的大丈夫

把少女般的杜鹃扛在了肩

年年月月经风雨

月月年年历雪寒

望一眼肩头的杜鹃花啊

多少苦和累

都融进这一瞬间

陶醉，从心底向岁月扩展

忘我,从瞬间向永恒漫延

刹那间留下的倩影啊

化作了终生难舍的依恋……

爱在山涧

山涧清流涌碧泉

美在石岩

石岩花开拱杜鹃

人说娇容易损怕风吹

杜鹃越经风雨花越鲜

不是我的心易动啊

暮春花如海

海上杜鹃如浪翻

翻天滚地似山奔

山奔岭走到眼前

你看那杜鹃——一朵朵

一株株,天真烂漫无瑕疵

不说多情

自有芬芳在弥漫

哦,我热血灌顶

卿发狂啊

还是那个风流少年……

十二

哦,是谁

撒下这片含情纳谊的花种

跌宕百里势不可挡

挥洒间

又起伏繁衍千百年

谁啊?谁能如此神奇

崇尚天人合一的祖先

像光一样道法自然

人说:山无林不俊

于是,层林尽染

人说:林无花不秀

于是,杜鹃绵延

他们把生存的幻想

变成杜鹃花的花海

漫卷的花海

在时间的长河中

卷起花乡人的勤劳

把贫困的岁月驱赶

啊,爱花的人儿哟

心如杜鹃

要把花乡建成生态园

看啊,那些早起的乡亲呐

又拽一把流霞

把浪漫追赶……

十三

嗯,离别登机

我若有所失抬头看

迎宾少女明眸皓齿带笑靥

哦,多像我当年初恋的她啊——

胸标两个字:杜鹃

又把我唤回了初恋……

李小丹的猩红色忐忑与蔚蓝色想象

睁开双眼就是走起

闭上双目就是上床睡觉

睁眼与闭目的距离

究竟有多长

可以十公里一百公里

也可以十年二十年

甚至一百年……

——李小丹

贵州省紫云县① 板当镇

青山村村民

她睁眼闭目之间的距离

之所以构成意义

是因为

---

① 紫云县：苗族布依族自治县，位于贵州省西南部。

她并不特别美丽的双眼

饱含着无尽的意味

现在，漫山青竹的梢头

挂着一钩弯月

李小丹轻轻地，合上双眼

——她看见了

大女儿罗佳

亭亭玉立

穿着白大褂儿

在贵阳中医二附院诊室

给病人号脉

她想象中的女婿

也穿着白大褂儿

在另一个诊室

给另一位病人号脉

李小丹蔚蓝色的想象中

有着猩红色的忐忑

她浪漫地想象着女儿

有一天带着女婿

回到青山村

来到她面前

却又忐忑不安地

任猩红色的担忧

在她家的角角落落徘徊

她担心

哪个犄角旮旯的

哪个碍眼的东西蹿出来

破坏女婿对她闺女的印象

城里人讲究

女婿是个城里娃吧

别嫌俺家乱糟糟

别怨咱家脏兮兮

李小丹猩红色的忐忑

消灭了她蔚蓝色的浪漫

于是,她睁开了双眼

却没有走起

只是坐在床上

又开始了想象……

她想象客厅阳台的落地窗

应该像电视剧里的人家

有漂亮的落地窗帘

那得多少钱呢

她心算了一下

有数了

又想二女儿罗琰的房间

要再贴一层墙纸

包括小儿子罗鑫的房间

也必须装饰一新

他们都要写作业,她想

而且,必须保护好眼睛

要有写字台

和护眼灯

灯,孩子们可以自己去买

给钱就是了

任他们挑选自己的最爱

床,要买新的

被褥,要买新的

客厅里的沙发、电视

统统要买新的

那是四年前

李小丹带着三个儿女

搬入新居的第一个夜晚

她失眠了

她想了很多很多

她的丈夫——老罗

已经走了六年

不要说买房,搬新居

就是这些家具,被褥

从哪来钱置办

……

后来的事情

政府都替老罗家的

包办了

李小丹想

这三室一厅

带着厨房阳台

比半山腰那个家

那个摸黑的家

不知宽敞明亮多少倍

凭啥就给了咱

这是眨眼之间发生的事

比梦还快

还真

她都来不及丈量，估算

家就搬过来了

像换了人间

老罗——老罗——

你若在天上，就下来看看

你若在地下，就爬出来瞅瞅

瞅瞅咱这个家

你梦到过吗

这个家

李小丹收拾得干干净净

像贵阳城里人一样

出来进去

清清爽爽

里里外外，上上下下

都打理得，干干净净

人也天天洗澡

用香波，浴液……

她完成了——她的想象

四年前就完成了

想到这里

李小丹闭上了双眼

又进入了蔚蓝色的浪漫

罗佳24岁了

罗琰也17岁了

小儿子罗鑫——今年13岁

罗琰今年若考上大学

李小丹睁开了双眼

喃喃自语

咱的娃儿，就要成人了

老罗——老罗——老罗——

你走了十年

可知道——我和娃儿们

是怎么过的吗

你撂下我就不说了

还撂下三个心肝儿宝贝儿

上小学，上中学，上大学

住宿全免

书费学费，全免

还吃营养早餐

用助学补助……

老罗——老罗——老罗——

你走了

看不见了

你最爱的大姑娘

大学毕业当医生了

你高兴么

老二今年高考

没准儿又能考上大学

她学习好呢

你知道吗

你的根儿——小儿子

志气大呢

他说了

长大了，要报考军校呢

月亮挂在天边

而李小丹的心事

却放在了窗沿儿

那层白白、薄薄的光

反射在客厅的沙发上

她走出卧室

来到客厅的阳台

望着楼下，珍珠河的水波

碎碎的

一片片的亮

六加四——十年呐

你丢下我们就走了

靠山上那点儿地

要养活三个孩子

养活我

行吗？老罗

我不说。你说

行吗——老罗

李小丹闭上了双眼

两行清泪流下了脸颊

她说——老罗老罗

咱的儿女都长大了

你知道吗？老罗

孩子们，都有志气

老罗，孩子们都很用功

你知道吗？这有多好

这有多么美呀

政府的给予，国家的帮扶

咱干了啥呀？咱凭的啥呀

要这么被照顾，被……

你说说

咱凭的啥呀

这恩，这情

你说说，要不要

咱家的孩子们都记住

他为人民谋幸福

他是人民大救星

老罗——老罗——

你知道

什么是精准扶贫吗

——就是从北京

一直到贵州，到紫云

到板当镇,到青山村
到咱家。到咱家的老大
老二老三,还有我
落实到咱全家
每个人的头上
——管吃管穿管住
管生活管孩子上学
管孩子大学毕业后的分配
还管——给我
安排工作……
睁开双眼就是走起
闭上双目就是上床睡觉

老罗,你是闭上双眼
就不管了。一闭
就是十年。共产党
像太阳,照到哪里
哪里亮,照到我们的家
我们的家
就亮亮堂堂了……

李小丹慢慢睁开了双眼

她说：孩子们大了

一切，都有了指望

我也有了仰仗

是——一个人与芸芸众生

正像一个人的睁眼

与闭目的距离

可以是十公里一百公里

也可以是十年二十年

甚至一百年。还可以

是一眨眼的距离

如若不信，你可以

去看看李小丹

和李小丹的，儿女们

那一瞬间的——变迁……

|短诗

龙宫引

龙上天了,我进来了
龙庞大的身躯需要一个庞大的宫殿
而渺小的我,需要一个庞大的灵魂
它的庞大充满了我的想象
我的想象充盈了它的庞大
是,都是庞大的
它的庞大充实了中华五千年文明史
渺小的——我的想象
充裕了我无限的时空交错的未来
有点儿黑,是啊
过去的时光一直在黑暗中默默无声
夏商周秦汉,魏晋南北朝
它们在黑暗中闪着黝黝的光芒
缓缓地走向唐宋元明清
走进屈原李白杜甫苏东坡辛弃疾的心灵

有点儿热呢,那是他们的体温

是激情澎湃的血点燃的艾青的火把

在脉管里偾张着血液的火焰

红色的火焰,把他们胸膛烘烤得

热腾腾——热腾腾的历史

犹如狂野的黄河,咆哮着一条龙的精神

把天下所有士子的灵魂全聚集起来

使渺小的——我,一闭上眼睛

就看到了他们雄姿英发的面容

和神采飞扬的神情……

黑黑的龙宫里有我亮闪闪的眼睛

我看见少年的我采集芙蓉

编织霓裳羽衣时浪漫的神情

看到了与伊对饮即成三人

那忘我陶醉的月下之花影

古典的味道与现代的气息

交相辉映,张灯结彩

于此一刻复活并沿龙宫漫溯的舟车

前行,那个"心旷神怡,宠辱偕忘"

使我果似"其喜洋洋者矣"……

龙上天了,我进来了

龙宫庞大的殿宇招引着人间所有人

而渺小的我——荣幸之至

以龙的子孙之名受邀前来龙宫做客

观赏龙之前厅中堂

漫游龙之后宫

它的庞大充满了我极致的想象

我的想象充盈了它的庞大

又一个活的灵魂诞生了

就是那个渺小的——我

于亿万斯民中在自由呼吸

龙上天了,我进来了……

(2017年10月)

黔东南的体温

黔东南的体温

是金橘的颜色

黄黄的暖意

沿侗族少女的眼波

在我的心上流淌

在漫山的橘树上跳跃

在侗族小伙的芦笙里起舞

我很难忘记

也很难描摹

她的金黄可以令小伙子兴奋

百灵鸟唱歌

我相信她的体温

是光芒万丈的

是无孔不入无微不至的

她比太阳更真实

因为她离我很近

近得我可以听见

她轻喘的一声声嗡嘤

她的嗡嘤

是她娇喘的芳香

含着她的体温

在鼓楼下的小溪里泛着金波

我掬起一捧洒向蓝天

便立刻可以看到美丽的彩虹

我知道

那是侗族少女的歌声

亮闪闪的

在为小伙子示爱传情

那每一声的咿呀里

都能看到艳丽的花蕊在怒放

暖融融的芬芳在奔涌

甚至比月亮更皎洁

因为她就在我的心里

我可以让她

陪伴我的终生……

（2011年12月16日，京华）

岜沙少女

昌耀大哥是见过的

所以他说那是血肉俱足的神

像光一样瞬息之际

便照亮了人心神祇光临

给人心镀一层银白的圣露

圣露恩泽大地

大地捧出精灵

哦岜沙的少女

神为你歌唱，我为你怦怦心跳

你们为我载歌载舞

天地万物为你们欣欣向荣

还有什么能使持枪的少年更英俊

能使少年的肌肉更有力

能让野牦牛拉动大山

把多情男子的梦撑破

而飞上碧霄把月亮抱下来

献给你——岜沙的少女

你纯银的项圈和发髻上的鲜花

是奖励少年的勇敢吗

那我也要摘下满天的星星

送给你——而你会钟情于我吗

你们踩着自己唱出的歌声

向大山深处走去

每一棵树

都是一个灵魂

你们用歌声

与他们共享美妙的天籁自然

和心爱的少年一起

在天地之间哺育蓬勃的子孙

我于今也是见过你们了

我说没有美的附丽

神就没有血肉

而你就是美的精灵

遂使大地丰茂葱茏万物茁壮成长

(2017年12月28日,晨)

北盘江上的橘红

乌蒙磅礴

橘红的大桥在阳光下闪耀着橘红

磅礴乌蒙

一线橘红紧系在白云间轻轻飘动

橘红在葱茏的山岭上横着冲锋

笔直延伸

延至葱茏茂盛的森林

伸至茂盛葱茏的草地

在绿的深处

构成美的风景

两美成一美

一美有了橘红的一线贯穿

像光获得了神示

带着橘红的吉祥

普照磅礴的乌蒙

灿烂阳光

俯瞰着乌蒙大地

一派郁郁葱葱的青山绿水

被绿水青山的云雾缭绕

山一重

水一重

抛一截橘红如美目飞动

甩一段橘红似蛮腰闪行

不是云遮月

是橘红的大桥含蓄

偶尔露出峥嵘

乌蒙磅礴

一线橘红的色彩在白云中浮动

磅礴乌蒙

橘红一线的笔直在蓝天下纵横

（2018年11月24日，京华）

玉舍①考

光天化日之下
它就慢慢地顺着原始森林
峰腰间的缝隙,从东南东北
和正东,呈钳口开张的姿势
向我——和我一起的兄弟姐妹
压来。比一双大手
掐着我的脖子,更紧地
掳劫了我。我穿越林海雪原
直抵穹苍的、惊喜之尖叫
一如鹰嘴啄着的太阳
它无动于衷,无动于衷

我和我的兄弟姐妹

---

① 玉舍:玉舍镇,位于六盘水市南部,距市中心约18.6千米,属典型的喀斯特地貌,平均海拔1800米。

兴奋得手舞足蹈。三五米内
已不辨东西，也看不见人影
我们被雾岚——静悄悄地
淹没在阳光明媚的早上
享受着，与森林里所有的花草
一样的——被雾吻岚亲
被吞没的感觉。我坠入深潭
渊壑，达至幸福的混沌之精微
一如夜莺捧着月亮
轻盈地飞，从月心飞过

新奇到无助，快乐到恐怖
这被吞噬的感觉，怎么
这么接近爱——接近被爱和爱人
让我做你的羔羊吧
扬起你的小羊鞭，轻轻地
轻轻地抽打我吧，愿你的
每一粒雾珠，每一缕玉岚
都是你的鞭梢儿
时刻抽在我快乐的心尖儿上吧
我看到雾岚破窗而入又穿过

另一面窗儿，头也不回地径直而去

从里到外，都是雾绕岚缠
而太阳仍在继续抚摸着
这座如玉的屋舍。雾仍在绕
岚仍在缠，不是少女在啊呀
少女惊呆了，是我们一起
看着雾岚从容又疯狂地入侵
不仅对我们，也对我们
躲进去的小屋，实施了
雾包岚围。居然是在灿烂的
阳光下，它就漫过了那亮闪闪的
叫声，和我们从未有过的惊喜……

这样看，玉舍之命名
必与此一境界的日常出现有关
不断的呈现，强化了人们
内心的感受，不是呼之欲出
而是自然天成，是雾之灵
岚之魂所系，是活的大自然
与爱的日月，相亲相爱养育

是漫山遍野的原始森林使然

是入骨进心的思念造就

玉舍——一个曼妙的名字

是曼妙的风景所赐啊……

（2018年12月27日）

霜晨月考

> 霜晨月,句出毛泽东《忆秦娥·娄山关》——西风烈,长空雁叫霜晨月。霜,最早出现在诗中,见《诗经·秦风·蒹葭》——白露为霜,即雾岚水汽凝成,意为霜之来由。
>
> ——题记

霜与晨合,即落满银霜的早晨

大地一派净白景象

谓之霜晨。问题是:

又突然冒出个"月"来

——霜,晨,月

白茫茫的早上竟然升起了

一轮白白的月亮

落满白霜的早晨

有白白的月亮挂在中天

我可以尽望：上下天光

俯仰浑成，天地如霜之染

而晨光现鱼肚之白

银海自东而西漫漫……

妙

更妙的是：天上之白月，泛着银光

编织着无尽的银色之霜

银色的晨，银色的月

——霜，晨，月

这奇绝之景

构成了一个——素锦仙境。

是故，伟人毛泽东

在另一首词中写道——战地黄花分外香

放置：万峰插天

中有一线的娄山关

可想象：乘着霜晨月

急行、攀缘、破关的战士

正是穿行在史诗之中

活着的——千古诗眼

每一个神情中的每一丝微响
每一丝微响中的每一丁漾动
都是——那一线光波里的
纵横驰骋，壮烈永恒

我，沿着霜晨月
素锦天光的罅隙
看见了眉骨之下染霜的眼睛
脚踏霜露的草鞋
手握霜晶的藤蔓
甚至看到了
手榴弹甩出的爆炸
将霜覆的碉堡炸飞的酷烈情景……

英勇和无畏——在霜晨月下的
娄山关闪烁——那是真正的诗
在冲锋陷阵——那是活着的信仰
在霜晨月下夺隘闯关
那岂止是毛泽东挥手之际
写就的一阕词

——那是一群活的灵魂，赋予
霜晨月的天地万物以精神境界的
——史诗画卷

霜晨月下的苍山如海
霜晨月上的残阳如血
从顶着霜晨月进击如海的苍山
到披着残阳如血的霜晨月凯旋
英雄的业绩可考
史称：娄山关之战

（2019年3月26日，遵义播州）

第一之上的美

仰首,看见北盘江大桥的腹肌
钢骨纵横。榫卯之上的钢帽
在阳光下闪耀着橘红的光芒
在上升,钢骨在上升
与阳光并肩而上,直入蓝天
与人民并肩而行,直通人心
人心如浩瀚的大海
高举着日月星汉奔涌向前
而北盘江大桥①
则以其凝聚的人间之伟力
将大海扛在了肩上

哦,俯仰之间

---

① 北盘江大桥:竣工时为世界第一高桥。它跨越贵州省六盘水市水城区都格镇和云南省曲靖市普立乡,是杭瑞高速公路的组成部分。

我看到了苍山如海的画卷

正漫卷着云海苍茫的蓝天

在一架橘红色的大桥上

上下翻飞。我不知道

是云在桥底缭绕

还是鱼在蓝天上翱翔

云里有橘红色的桥在闪耀

阳光里有鱼在桥的橘红中遨游

这个时代的美,正在八方云集

而北盘江大桥的每一寸钢筋

和每一股钢丝,都是它浪漫灵魂的

坚硬与柔韧度的证据

是!我拒绝抒情却敢于表达事实

它的高度世界第一。至少在当下

第一之上的美——绝无仅有

(2019年1月2日,北京)

入仙记

倏忽之际,地气即成白烟

轻轻地往上爬

东西南北没有中

中,就是雾绕岚缠的山

山,撑破了雾岚

谁说过:刺破青天锷未残

眼看着,白了山头

又白了蓝天

在巅峰之上的旷野

漫作叵测难料的无尽帐幔……

仙山未见琼楼

玉宇由六棵藤蔓长成

我的白发和被刮掉的白胡子

在这满眼的白色世界

酷似传说中的白衫长老
我替他感慨万千
迎着扑来的冰寒水汽
向雾岚说出了我的心声
活了一世,刚刚明白
真正的仙境就在眼前……

仙草铺地,仙人徐来
仙境如此这般地慢慢弥漫
一派混沌,又如此这般地
天设地造着无尽的帐幔
突然想起野猪肉
和稻酿的白干。想起
我的少年和少年的伙伴
上山下乡从军戈壁。一路向西
向西,我们喝了多少顿酒啊
多少糙酒伴我美梦酣眠……

入黔南布依族苗族自治州
溪南十锦露营基地——如入仙并记

(2019年1月23日)

花溪①考

所有的名胜皆源于无心的偶然之公益
又成于有心的意蕴超越
而使动人的爱获升华

建文四年,帝扮僧逃逸至小车河畔
百姓意欲建桥而不得法
遂与之献智出谋并捐金以建
于是大获民心。而民心如水之长流
一默静流潜涌至今而无所终
且清且澈且倒映着霞光万缕
流光溢彩之两岸风光随四季之变
而幻化着无限旖旎——徐霞客来了

---

① 花溪:花溪区,隶属贵州省贵阳市,地处黔中腹地,贵阳市南部,东邻黔南布依族苗族自治州龙里县,西接贵安新区,南连黔南布依族苗族自治州惠水县、长顺县,北与南明区、观山湖区接壤。

他知道——王阳明在岸柳垂荫中写下
《太子桥》诗一首并诵之万遍
思琢良久,曰:公益之人必传之于后
故踏寻仙踪,亦在汀花含雨的溪边
写下《黔游日记》。诗赞曰
头顶满云霞,眼迷不知处
风回惊花落,带烟又带露
溪曲似藤蔓,向西复向南
紫燕来何处,翩翩捉对翻……

嗯,捉对翻——就是蝶恋花
就是花溪的花影翻,就是情之舞蹈
心之歌唱,就是灵肉之融合
水月之心心相印,就是花心之碧海
唇阴之汪洋,就是不知东方之既白
捉,天捉地捉——还是心捉情捉
一只无形的命运之手,便捉得人间的
有情人一对一对地于此,而——翻……

萧珊一十九岁捉得三十二岁的

巴金一翻，便胜却人间无数的
获得了一颗博大的灵魂
在此一镜月之中迎得春夏秋冬
日星隐耀而朝霞满天

廖静文一十九岁捉得四十七岁的
徐悲鸿一翻，便使得花溪潺潺
流淌着澄碧之圣水而获得
终生之爱情并把所有寻常的日子
都赋予了真爱的流传……

嗯，所有的名胜皆源于无心的偶然之公益
又成于有心的意蕴超越
而使动人的爱获升华

（2019年1月31日，京华）

云雀金黄

那叫声——像金色的丝儿

在阳光下一闪一闪

打着旋儿

在半空盘桓

密密麻麻

像一层层金丝在缠绕着旋转

旋转着一首

众鸟齐鸣的歌

在我的头顶之上

展开了金黄的,汪洋一片……

不是大海

比海的浪涛

多了清晰的金丝儿

是金丝儿的闪耀

在乌蒙山脊新垦的茶山上
弥漫,直至漫过我的心坎
那叫声,那叫声
是向上的
一个劲儿地向上,向上
向上飞翔。我问
这是什么在叫
童书记①说:云雀呀
一道金光入耳
哦,雪莱,是你的云雀
翻越千山万水
来为你抒发
动情于乌蒙大山的茶花吗

向上,向上,向上
那叫声,令我仰望
我仰望所有令我仰望
并获得:向上
攀升之力的歌声
我仰望所有源于自然

---

① 童书记:贵州省诗人协会党支部书记童绥福。

并令我仰望之后

产生了

宽厚之心的歌声

我仰望这汪洋般的茶海之上

哪怕是纯洁的一滴

也足以令我

受益终生的歌声

哦，云雀

雪莱的云雀

我仰望着你

在乌蒙山脊之上

绿映金黄的歌声

像仰望着我的母亲

喂我吃奶

哼唱儿歌时的慈祥……

（2019年5月14日，京华）

大蒜金黄

大蒜入梦,梦入大蒜
23岁青年,把大蒜当成少女来梦
梦的汪洋上遍植大蒜
大蒜的每一瓣上
都寄托了他创业的梦想
像少女妖媚的大眼睛,扑闪扑闪
梦钻进大蒜的叶片
像少女的裙摆,迎风招展

叶片金黄
之后,有蒜薹般的金条
在农妇的手中闪耀着金黄
一群群的农妇
有一捆捆的蒜薹
欲与太阳,比赛金色的光芒

金黄堆积如山

金黄横亘在眼前

开始,是蒜苗

像四把提琴开弓

之后,是蒜薹

像八把提琴奏响

最后,才是大蒜

全是钱呐

那是十六把提琴和所有

管弦乐队,一齐奏出的交响……

效果,当然是大丰收

梦入大蒜的,大丰收

而且,一收就是三年

贵州威宁石门乡——团结村

26岁的村支书——胡钧溥

带着村民,就是这样干的

干出了金黄

干出了金山堆村头

干出了前程在眼前……

(2019年5月14日,京华)

土豆金黄

乌蒙大山之脊

亘古荒蛮

是谁

使之起伏连绵

连绵起伏之荒蛮

成为四方八面、一望无际的

孕育土豆之子宫

想象够不到边

那个开垦处女地的人

是谁?谁有如此之膂力

可以从乌蒙大山上

再收获一个

土豆堆积的乌蒙大山

乌蒙人，从土豆易生多产中
发现了奇迹，而将奇迹
植入乌蒙的子宫。勤劳的汗水
是孕育土豆的营养
一粒粒的汗珠，像一颗颗食粮
把土豆喂得金黄，金黄

哦，乌蒙子宫
子宫乌蒙。亲亲的土豆
亲亲的土豆哟，像婴儿
啼唤着一座金黄的土豆
堆出的绿水青山……

（2019年5月14日，京华）

醉蝶花考

那个晌午,乌东村靠溪东头
一个吊脚楼上,我喝得烂醉
眼里花蝴蝶乱舞。斑斓,缤纷
火一样燃烧在眼前。我知道
我醉了而蝴蝶没醉。来来来
再干一杯!不信我都醉了蝴蝶
竟然不醉。村主任说:哪有蝴蝶
我说:你看蝴蝶翅膀的倒影
在酒杯里,还闪呢。村主任笑着
一口白牙笑着,把窗台上的花
抱了下来,放在我眼前
我看见无数蝴蝶落在我的梦中
像孔雀开屏那样,展开双翼
我兴奋得不得了,有飞的欲望
且真飞了起来。先落在村主任

头上,后落在我梦的边沿
和无数蝴蝶落在了一起
像做体操:伸开斑斓的彩翅
让白云看。又合上双翼
如双手合十,形成一个一
像礼佛敬神。再伸开双翅的
时候,我看见无尽的彩翼
铺到了天际。今夕何夕
是晚霞翻滚,还是朝霞烂漫
我傻了,我问我自己
真的喝多了吗?为什么
说话间我竟然飞了起来……
你醉了。我醉了,变成蝴蝶了
我不信。你看那盆花不是蔫儿
蔫儿地,开着吗?那也是醉了
我醒了,细细赏来。自语道
蔫儿蔫儿的花容如蝶的醉姿
是风拂细柳的摇摆。属于
弱女子的媚态。我真心的怜爱

(2019年6月16日,商丘)

雷公山考

钻入绿荫漫延的洞。钻,钻
一直向前。往上,钻
一直在钻。拐弯再拐弯。向上
向上,再向上。拐弯拐弯再拐弯
向前,继续向前。向上向上
继续向上。拐弯拐弯,拐弯
在绿叶覆盖的树荫之洞内。钻
如此之心的盘绕。在盘绕之下
是无底的深渊。在盘绕之上
是这座雷公山。雷公与山
山与雷公。一个是心灵
一个是身体。两个庞大的神圣
合成了一个巍峨有魂的英灵

我今来思:钻入它的身体

它进入我的灵魂。一如雷公与山
这是否意味着物我两忘？我与它
进入神游。我游它而它被我游
它游我而我被神游。嗯
我站在雷公山顶。就是它
站在顶之雷山。据王者久辛考
我是它新的高度。它是我
又征服的一位壮硕无比的美人
抬头仰望云海漫卷。俯瞰大地
云漫苍山。嗯，无尽的美
而风更妖娆。一个夏天的酷烈
竟被飒飒爽利的绿风，吹个干净

（2019年8月16日，商丘）

违和感考

地铁列车突然开进泥层,不按正确方向行驶
即不按铺好轨线的通道开
这是想象的现实。甚至是更魔幻的现实
可以更疯更酷更离奇。可以冲破地层
钻到地球的另一边。这证明
想象比现实伟大。虽然现实很茫然
很无奈。但想象更一百倍的茫然
更一千倍的无奈,更一万倍的孤寂
所有惊天动地的大事件都是孤寂的创造
创造一个心灵的闪念一如地铁列车
地龙般冲进泥层,像冲进子宫使大地受孕……

违背常理的爱和不要和谐的性。却有感觉
想象可以完成。现实无法呈现。违和了
一棵悖理的大树疯长却长在了另一个世界

在我们的魂里,它的枝叶繁茂

树冠覆盖着我们的心灵

这不是违和而是看不见的

魂灵在我们之外幸福地生活

据王者久辛考证:所有的违和之感

都是我们之外的一种幸福感的存在与弥漫

像我们的魂儿,在我们之外生活……

(2019年8月19日,北京)

格头村古秃杉玉树考

我在一千年前的土壤里

就是一只比蚂蚁还小一百倍的虫豸

和三千六百棵杉树一起生长

我摸着它的根须——那最细的一毫

像摸着爷爷最长的那根胡子

它从秦汉来,经过了唐宋元明清

在民国初年,它就长到四十米高了

而我还未面世,还在我爷爷的爷爷

跪拜天地君亲师的膝下蠕动

在明月照古楼的荒野中觅食

没有人知道,我会在一个快乐的夜晚

提前进入父亲的血液,也没有人知道

新中国的诞生,将会在十年后

再诞生一个我,红霞里的我

乘着歌声的翅膀,抚摸格头村的古秃杉

三千六百多棵,棵棵来自遥远的古代

多么好!这些活着的化石像我一样

也是活着的标本。我不知道我的DNA

可以追溯到公元前的哪个世纪

还将继续延伸到哪一个朝代

在毫不费心也不费力的远古文明时代

我能成为一棵秃杉并生活在格头村

这样安谧的村子里吗?一只比蚂蚁

还要小一百倍的诗人——就是我

我说:王者如渊,没有未来

而这片秃杉因了单纯的生活必获永远

(2019年8月20日上午,京华)

秋芽子考

走进十万亩茶园

被绿色的茶树淹没

尤其被草腥的气息沁心

我的一吸一呼

和我所有的一吸一呼

都被这浓郁的气息充满

我的肺叶

我的内腑与大脑的所有细胞

都被这来自大地的气息所盈溢

没有隙罅

是十万亩茶树的根

汲取泥土精华扬溢出的波浪

一浪接着一浪

一峰连着一峰

峰起云涌,汹涌澎湃

惊涛拍我心

巨浪卷我心头千堆雪

扑入纵横八极

于我所有脉管的洪荒之野

一时多少感慨

冲破了蒙尘已久的心原

而有了重获新天地的大欢喜

可惜，那气息不是茶香

是绿绿的草腥

在我周身的所有血脉中

大风起兮

不是我欲乘风飞去

而是如此浓烈的草腥之狂飙

自泥石之下，向上向上

向阳向阳，向云上峰涌

是黔岭起伏的山峦叠翠间

遍植的十万亩茶园弥荡

出来的浓浓的草腥之汪洋

凝聚起的直顶人心的招魂的魅力

我从茶园的中间穿过

从无边的翠绿中走过

像一把剪刀

把万亩茶园剪成了两块翠玉

一块接着云上的太阳

从云罅中穿梭

一块连着红枫湖的碧水

在清波中荡漾

我站在茶园中央的圆塔上

遥望四面八方的山水画廊

美必须是具体的

像刚刚掐来炒制的秋芽子

沏上一杯，喝上一口

秋天的味道全在这杯中口内

纯，下咽后却很丰富

烫，入肚后却很爽利

所谓的新茶

不过是将汪洋大海般

野性的，浓稠的，沁心的

草腥气儿，彻底炒出去

只留下秋芽子的鲜和嫩

却比春芽子稍稍野了一点点儿

就是说，有地下生长过程的

与经历过风霜雨雪的

殊优殊良，一如春秋大义

各美其美，乃天之道

无冬无夏何来四季

若品秋之大美，细嚼秋芽子

一芽在口，便足以知其之味也

（2019年9月26日凌晨3时24分，北京）

那位少女

她对我说的话
我不告诉你

有一种芳香,可以描摹
幽幽的香与甜甜的味,在她
选择的职业中飘荡。低矮
寻常,普通,不需要万贯家产
也无须高官父母。一般的智商
加适量的勤奋,和忠诚
就足够了。就可以随你走遍天涯
会带着她的美貌与温柔
和孕育未来儿女的曼妙腰肢
一直缠绕着你,为你开花

她对我说的话

我不告诉你

(2019年10月5日于G660次高铁列车上)

红枫湖考

水不像水。像浮游着的

泛着五彩斑斓的色彩之光的绸面

我不是我。像一位追随者或求爱者

尾随着它的光影。她并不美

在湖上的船头跳跃,一直在跳

跳着进入了桥腹。遮挡阳光的

桥身的倒影,切掉了船楼

之后淹没了船身。她还在跳

而且并不美。跳什么跳

有什么可跳的?船头伸出桥拱

阳光再次照着她的尖叫。红枫湖

泛着五彩斑斓的色彩之光的绸面上

印出了她的倒影,像美颜了一样

我瞥了一眼,就一眼

我不能再说她不美了,不能

她也停止了跳跃。是看到了西施
还是赵飞燕？我在心里惊叹
美需要发现——好像一个大师说过
我为什么才发现呢？我不是我了
我是一位追随者或求爱者，尾随着
光影中的她瞬间变得鲜活而完美

美人会更美，不美的人来了就美了
这是我亲眼所见，毋庸置疑

（2019年10月8日，北京）

这一川碧水蕴含着日月精华
——给季克良

这一川碧水蕴含着日月精华

我不知道：季克良先生

是哪一个时段的哪一泓碧水

孕育的。他坚信

"喝茅台可以喝出健康"

我也信。但是我反对酗酒

我最幸福的时刻就是我周身的

血液，在茅台酒的推动下

可以直顶苍穹。爆发的灵感

可以在任何一颗星星的心里

找到我的情人。可以获得上天的

恩赐。进而产生奋斗的力量

和不屈的精神。我认为

一个人最健康的，必须是血

是泪,是悲愤的饱满
愤怒的不可阻挡;是爱的忠贞
一如钢筋铁骨,砍不断
拧不弯;是爱至深挚入骨入髓
入一粒粒种子的播撒,和播撒
之后的破土而出,奋不顾身
要长成参天大树的样子。酒
好酒!茅台酒啊,我的最爱
我坚信的健康就是这样的
就是茅台酒在我体内流淌、奔涌
咆哮的样子;就是血始终是热的
并推动着心底的公平公正与正义
我是他乡遇故知
是季克良健康观中活着的灵魂
他用一生来探索。我啊
要用一生一世来践行……

(2020年9月3日—8日,北京)

气息芬芳

这一杯之前的水,连着上游

下游,和左右两岸人家的炊烟

与世世代代,生息繁衍的气息

炊烟袅袅,气息芬芳

我品味着——这独特丰盈的佳酿

试图以更入味,更入口的感觉

来捕捉——这一方神奇之水的精神

赤水河上浮游着月光寒夜

与日光流年。多少年过去了呀

我竟浑然无觉,浑然无觉

这让人多么的沮丧

又令人多么的尴尬

我得再干一杯,再干十杯

再干一百杯。我要彻底压下

这浑然不觉之后的,难过心情

免得它冲将出来，弄得酒气熏天

败坏了，这大好的一派河山

和我的好心情。我要吼一声

习酒——像战士喊"一二三"喊"干"

于是乎我的丹田炸裂，灵魂出窍

豪情干云弥天，一如飞越了

重重关山……

（2020年9月3日—8日，北京）

青杠坡的精灵

青杠坡上的蜻蜓
在红军烈士纪念碑上栖落
我可以想象到
这只蜻蜓的爷爷的,爷爷
也曾落在当年,披着草编的
伪装网,埋伏在岭上的
红军战士的肩头。那年
枪声大作,满天飞舞着弹片
它的爷爷,被吓破了胆
两只大豆般的绿眼球
被溅满了血
血水洇红了,它爷爷的翅膀
沉重的翅膀。它飞不起来了
它被红军战士的身体
喷出的血,淹没了

它拖着沉重的，淌着血的身子

在颤抖。红血颤抖着流淌

流成了，一个红色的池塘

在夕阳下闪闪发光。整整三天

血才渗干。它才晃晃悠悠着

爬出塘底，爬出一幅油彩凸凹的

真实画卷，全是血水涂抹

凝成的生灵，它应该是

被后来的暴风骤雨，洗净了身子

而后，才有了孙子的孙子

有了无所畏惧的生存力量

有了后来，自由的生活

现在，它之所以常常栖落在

青杠坡的，红军烈士纪念碑上

那是因为，它的每一次栖息

都是一次对生命的回顾，和礼赞

（2020年9月3日—8日，北京）

空前绝后的魅力

在女红军纪念馆,我看到了
两千多名女战士的名字
和两百多位女红军烈士的遗像
想象她们喷薄着青春朝气
与靓丽容颜的模样
就有一股爱慕敬仰的热血
在心头涌动,在眼前闪现
她们投身革命,追寻理想
在那个希望渺茫的年代
恰似一团漆黑。庞大的天幕
挂着一双双,眨着眼睛的星星
遥远,明亮,而且闪烁着
一丝丝,一缕缕的光波
在她们的眉眼间闪耀,美好
靓丽,像我昨天早上

在首都国际机场,看到的
一排空乘姑娘。好漂亮啊
而且飘逸着清香的长发
在我的心头荡漾。蓦然回首
我突然想到:革命是美好的
绝对是美好的。看看这些姑娘
想想光幕上的遗像,那穿越
时空的美,与瞬间展现的好
绝对的美好,不令你向往吗
我坚信:革命是美好的
壮丽的。想想奉献生命的少女
你不觉得那美?那英勇的牺牲
是永恒的吗?作为男人
我感到羞耻,这么美好的少女
成百上千的献身,那该是
一个多么壮丽的事业所召唤啊

嗯,引无数英雄竞折腰
美好的,壮丽的革命
弥漫着,空前绝后的魅力
这毋庸置疑。因为这革命

饱含着,美好壮丽的

她们——动人的生命……

(2020年9月3日—8日,北京)

鳝国美好

鳝国塔下纳凉,想会飞的鱼
长什么模样?它把天当海
把空气当水,而把月光
当作太阳。我的鱼妹妹呀
你会和喜鹊谈恋爱吗
你们要是在一起飞翔
会沿着赤水河人家的屋檐飞吗
会在酒的芬芳中陶醉吗
会在醉汉的酒歌中流连忘返吗

我希望画家能画下它们的深情
我希望摄影家能拍摄下它们的英姿
我希望我的诗篇能写出它们的灵魂
鳝国的灵魂在古老的鱼妹妹的心里
萦绕,在今晚的月光中弥漫

我不知道,今夕是何夕

在飘着酒香的,夏夜里

我遥想着飞翔的鱼和喜鹊的恋情

就会有一种爱,从远古飘来

使习水城的灯海于瞬息之间

变幻成一对翅膀,在我的心头

和眼睛里扇动,凉爽的飞翔

灯海里光的飞翔。夜色多么好

多么的好啊!那又是多么美好的人

在歌唱着我们生活的美好呵……

(2020年9月3日—8日,北京)

香舍①记

香舍是为香妃娘娘准备的

而我住进去算什么呢

算想象,算梦

好吧,把我当成想象之后

又当成梦;一梦千年

一想象就是香妃娘娘

没人说美,也没人提诗

而我拉开窗帘就看到了月亮

看到了月下的香妃

她在我的想象里

拉着我的手,还语意含混地

对我说:我们到清镇的

小街上永住吧

你用诗写我,我用柔情

---

① 香舍:贵阳市下辖清镇市的"时光贵州"建筑群中的一家宾馆。

给你蜜意,给你
刻骨铭心的爱情,在小花
挤出铺满小石子的缝隙间
打发时光流年……

这个美意,来得太突然了吧
这是多么幸福的事情呀
我情急着说:好啊,好啊
但是声音太大了
竟然把这个梦,一下子
就给说破了。本来我就要
脸红了,却发现四野无人
于是,我又恢复了
正人君子的模样,而心
却在隐隐地作疼。再于是
我写下了这个:香舍记
以录内省之迹。谢过香舍
我来过梦过,想象过了……

(2020年12月28日,博鳌)

茅台盛名源考（三章）

其一

深入茅台内部，发现一滴
与一缸所经历的痛苦和欢乐
是一样的。甭管十年陈酿
还是八十年的老酒，它们谁
也不比谁多一点、少一点
要变一起变。不像我的白发
三十年前就先白了一绺
像先富的一部分，牛啊
硬是把不肯白的黑发，比作了
顽固不化，比作了一根筋
而它的一滴与一缸，事实上
绝对是平等的。太平等了
比人间平等，比万事万物平等
它来自泥土和泥土长出的高粱

尤其喝的都是赤水河的水
他们相亲相爱,重情重义
哪怕都被大脚丫子踩踏
都在屈辱的黑暗中忍耐挣扎
都在被迫陷入的黑暗中
被翻腾被折磨被屈辱
甚至连忍不住的悲愤与怒吼
都是一样的鲜红如热血的喷涌
这样的滴酒之情与瀚海之酒心
与人相比,怎不令人汗颜……

所以它牛啊!牛在一滴
与一缸、万缸、千万缸
都是一样的品质;再所以
它才牛遍世界而不输任何大牌
哪怕一滴——这便是茅台酒
成功之源。此乃久辛之考据
举世无双一鸣永延

其二

茅台是酒中内敛的君子

与其他酒的通透明亮一样
虽然也喜欢小姑娘喜欢美少女
但是,它进入我的肚腹之后
就变成了温文尔雅的绅士
仿佛有十万只越来越热的虫蛹
向我四面八方所有的血脉蠕动
小姑娘啊,美少女啊
我也是越来越渴望
越来越热烈,越来越冲动
甚至,我也喊五魁首老虎鸡
喊叫着晃动在影子里的我
我的醉眼看到了神的模样
像我的眼睛,贼一般的亮呢
神,神——神啊
神在助我,在我酩酊大醉之后
又予我以自重庄严
予我以翩翩而外的超然
使我站在茅台宾馆的阳台上
向深夜的街头瞭望之余
想到了丰富的内心深处
站着的那位决不肯乞求的少年
那个不是矜持而是自尊的男人

他写诗,写自己的所好

但决不自污,像神

像茅台,发散光和热

却从来都有出离了欢喜之外的高傲

有内敛的性格和忏悔的习惯

有戛然而止的自控力

有好色的天性

却没有一丁点儿的贪婪

好酒,好酒啊

美人啊,美呀

都像神一样,那感觉

说来就来了,说走就走了

像好诗的灵感一样

来得及时,走得也及时呵

其三

酒色财气不染尘

是说心;我说的是茅台

是茅台的每一滴酒里

都住着一位佳人,你喝吧

一滴一位,一杯百位

干了一杯再来一杯

一杯又一杯,千杯万盏

永远喝不醉——那是啊

豪饮佳人千百万

你说什么是幸福

这要不是幸福,那幸福

还有什么意思?不要仰望

要低头看看杯中的酒

酒中有天上的月

月中有杯中的人

三仙一心全在酒中晃悠着

谁说,一日长于百年

喝茅台,一年胜却人间无数

久辛考证后曰:所谓富可敌国

也富不过天天喝茅台啊

是也不是?大家说吧

(2021年1月7日,琼海)

清镇白兰地发凡

最好的白兰地也不过如此
如此的清洌甘甜又味道独特

一只熟透的香蕉在口舌之上
弥漫着紫色的薰衣草的呓语
你喝了我,喝了我吧
我愿在你的心上
流淌出一种美好的回忆
如果上溯,就上溯到一个孩子
痴情的想象,或一个老妪
对一个男人,强烈到抓破铜墙铁壁的
思念!最普通的果酱
珍藏在最普通的心底
使天下所有的普通人都没有觉察
这个最普通的果酱在最普通的地方

与最普通的时间里,完成了

一个最完美也最神奇的龙蜕蛇变

它成就了一种酒,一种普通人酿制的

不普通的酒。它有清镇的清

和镇邪的微笑,尤其喝入口中

便是清心安神的圣水

是令人明目醒脑的甘霖

总之,比喻都是不准确的

唯有让我们的百尺柔肠

一寸一厘地拥抱着它的汹涌澎湃

尔后,才能知道这个酒的不同凡响

竟然是从贵阳最普通的一个小地方

流溢出来的。乖乖

白兰地,白玉兰的生身之地

可以是任何泥土和泥土中的营养

造就出来的一种白色的兰,色

色,色呀!最色的颜色

就是白,最白即最色

所有好色的人之所以好色

就是因为它白到了极致的白

令所有人心生纯粹之渴望

而有了洁净之心的向往

像酒之最，如色之极

要想获得就必须如白似玉

如雪似梅，而根在清清的红枫湖里

扎得很深很深，才能长成酒的魂

玉的身，才是白兰的玉颜之色韵神奇

才是清镇的白兰地。无须赘言

最好的白兰地也不过如此

如此的清冽甘甜又味道独特

（2021年1月10日，北京）

格凸河短歌（三章）

一

行至燕子洞

格凸河便立了起来

倒影由泛金的碧绿

变成了

流着琥珀之光的墨绿

像镜子一样闪耀

而且晃动，而且粼粼地

吱咀着

清脆幽冥的深情

是向上的墨绿

是向上的闪耀

和向上的清脆与深情呵

攀登的蜘蛛妹

在墨绿中攀登

在光的闪耀中攀登

在清脆响亮的声音中攀登

在陌生人的目光

和亲人们悬着的

深情中攀登

格凸河，格凸河

你立起来的样子很雄伟

你倒在燕子洞的墨绿

很惊心

蜘蛛妹，蜘蛛妹

你是从悬着的险峻中诞生的吗

蜘蛛妹向上攀登的英姿

像我热血沸腾的心

令我心生翅膀

在揪心又惊惧的忐忑中

忽的一下子

就产生了

向上冲的一排浪峰

向上，向上，我要向上

格凸河,格凸河
你立起来的样子像天梯
而蜘蛛妹的攀登
则在墨绿的光影中
比飞翔更惊悚更险峻

她一直都在向上,
向上,向上,一直向上
我感到蜘蛛妹的形象啊
一如历史向前时代向前
人类向前
那奔腾不息的力量

二

立起来的格凸河上
有一群燕子
在格凸河的倒影中飞翔
与冲出水面的
另一群鱼儿相遇
哦哦哦,这场面

让我看到了

鱼儿与燕影的相拥与相吻

刹那间的交错相亲

惊出了我的欢喜

我的想象

被眼里瞬间的定格唤醒

格凸河,格凸河

我弱弱地问你一声

这燕影与鱼儿

交欢定格的突兀

莫不是你名字的来由吧

三

立起来的格凸河上

有一束光柱直抵燕子洞顶

上边一片镜面

下边一片镜面

中间夹着的是我的眼镜片

和一群与我同来的诗人

此情此景,上下天光

在格凸河立起来的

墨绿中闪耀

这个美,是美妙的美

麻烦啦不是

眼前有景写不出啊

我的诗人

我的格凸河

生活永远大于我们的想象

和才华!格凸河

格凸河,格凸河

令我羞愧,令我沉醉……

(2021年7月30日晨,遵义)

蓝蜻蜓

夕阳在莲池新荷的尖上晃悠

在蓝蜻蜓欲落欲立的翅上闪耀

谢谢你不再提起

我心上的疤,还在呢

新荷尖上,蓝蜻蜓的倒影

印在了碧水中,他应

我的也在。红鲤蹿动

搅乱了荷蜓美妙的爱情

当年,当年锥心刺骨的疼啊

红鲤一闪,他说

我也刻骨铭心地痛呢

夕阳在新荷的尖上晃悠

还是不提了吧

你心上的疤,是我的

我心上的疤,是你的

算个纪念吧？嗯，再见

再见。道别的余音

惊动了荷尖上的蓝蜻蜓

它轻轻地飞升

红鲤依然在水中悠闲地漫游……

（2021年8月14日，七夕上午）

偏坡的另一个名字

因为偏，才追求正
因为是坡，才要拼命向上
偏坡，逆袭的另一个名字
也是正的，更刁钻的一个比喻

坡上有一朵蓝花花
向着太阳开，开在荷塘下
被月亮照亮
做了高歌黎明最早的雄鸡

所以，不怕偏邪
不怕坡陡
日月在上我在下
跟着万物一起生长

不管在多偏多远的坡谷浪涧

我都会以我全部的智慧和梦想

跃上正直的峰巅

（2022年1月2日，北京）

慨叹

偏坡荷塘的老者
春来看荷芽卷伸嫩尖
夏来看菡萏舒展新蕊
秋来瞅莲蓬低头藕色白
这一生的荷经历
这一世的荷生长
如此这般缓慢依序的前进
不仅从容,而且优雅
这大概就是圆满,就是无憾

偏坡的老者冬又来了
望着枯荷一池的残枝败叶
说:芸芸众生,概莫能外
惟人可观此时序并与时俱进
却非人人可了此残生呐

(2022年1月2日,北京)

偏坡上的长号

一把一米五六的长号

从选材到制作完成
需要能工巧匠三个月的精心制造

而婚礼上，吹号者
只用了它五分钟，就吹出了
神圣又庄严，喜庆又欢腾的气氛
它是气氛的营造工具
而婚礼需要营造气氛

当然，它生产不了粮食
也不会制造商机
但是，它会制造气氛
会迎合一个个特别的需要

这样的工具,这样的人
在世上,比比皆是

没办法的啦!
欢乐不会从天上掉下来
如果需要,你也可以去订制
去雇佣吧,欢乐需要营造
这个是硬道理……

(2022年1月2日,北京)

一见倾心的偏坡蜡染

那个小碎花连衣裙在蜡染小店里招展

他想象着他的她穿上会不会飞起来

至少,她的欢喜会飞起来

她明眸里面的光,会飞起来

虽然她有点矜持

但她的心儿,一定会飞起来……

他是这样想的吗?肯定的

否则,他不会立刻就买了下来

(2022年1月2日,北京)

乌当①纸引

水车推着水碾，水碾碾着青竹

青竹被碾成棉丝，棉丝一团一团

是青黄色的，浸水成为黄汤

搅，用竹竿使劲儿搅成浆

是纸浆。师傅双手握着长方竹篦

插进纸浆。一进一扬一扬一进

再轻慢一提。竹篦上的水漏下

留下纸浆沥干水后薄薄一层

是湿的。是，很湿，很湿

湿漉漉的。然后翻过来

往桌案上轻轻一贴。一帖又一帖

一帖就是一张。一张接着一张

---

① 乌当：乌当区，隶属贵州省贵阳市，位于贵州省中部，地处贵阳市东北部。

摞成了垛。一垛又一垛

两个小伙子搬来块大石头。放垛上

压，压，压出水。晾，晾干

再晒，晒透。之后。一揭一张

一张又一张白白的纸——诞生了

傍晚，我与文友夜宴微醺

众友要我作画写诗。我斗胆包天

挥霍丹青。提笔大写意，蘸青黄

蘸明黄，加金黄。一笔横过去

又一笔横过去，再一笔横过去

青黄，明黄，加金黄。层层递进

三黄三块油菜花开。洇染纸面

上是青黄一片，中是明黄一片

下是金黄漫至脚前。抬眼看

好啊！众大叫。令我题名并诗

我换大羊毫。蘸"天一阁"香墨

写张迁方隶——乌当。乌当

太阳初升，光芒万丈，照得乌当

上下天光，霞光万道。一派耀眼的

春黄之香弥漫了偌大的庭堂

众喝彩：好画。好字。好诗

我羞赧低语：罢了。罢了

要说，纸，还是——当数乌当。

（2024年3月25日，北京）

红军走过我家乡

红军走进我家乡的先头部队
刚进村,月亮就破云而出
倒影投入村中池塘的那一刻
炮弹就飞过来了,落在池塘中心
之后,又落在了池塘周围
七八名红军战士在月亮之上飞舞
有头颅,胳膊,大腿
还有内脏里的心肝肺,和血……

红军走过我家乡的稻田时
白匪军围了过来,和夕阳一起
把蛙鸣打断了。这是一场遭遇战
十几个红军向白匪群扔手榴弹
就着硝烟腾空。他们冲出了包围圈
之后,夕阳如血,漫漶洇染

染红了月光下摇摆的稻穗

和稻田里凄厉的蛙鸣……

红军翻越我家乡伏牛山那天

天下暴雨。山高路滑

雨水在红军脚下叽叽叽叽叫喊

一个战士滑倒,被另一位战士拉起

他们俩一起滑倒,被冲上来的

三五个战士迅速拉起。他们头顶着

电闪雷鸣,双肩披着豆雨的拍打

他们你扶着我,我扶着你

我搀着你,你搀着我,一支互相

搀扶的队伍,翻过了伏牛山……

|随笔

祝贺、建议与希望

——在"舍不得乡愁离开胸膛"系列长诗研讨会上的发言

首先,祝贺"舍不得乡愁离开胸膛"20本长诗集的正式出版。这套书的策划、组织与成功出版,体现了中共贵州省委宣传部、贵州省作家协会对习近平文化思想的理解深度,而这个深度是走在全国前列的。从2014年到现在,这套书从策划到成书,历时四年,一直是通过扎扎实实的工作做过来的。我们可以看到,每一幅照片在拍摄角度上都是非常用心的。上午,我看了一下这20部诗集,作品质量比较整齐,从结构、体例到文字,也都比较规范。有些作品所透露出来的对神话的想象力的展现,对历史人物的深究细挖,对古镇角落的描述,对生活习俗的描绘等,都非常好。我们在《诗刊》中看不见这样烟火气浓郁的诗,因为一本诗刊不可能只发一首长诗,要精挑细选,选得比较纯粹一些。而长诗就可以展现得很具体,很舒展,甚至很细腻。这20部诗集中,李发模老师的《王之背后》,让我感受到其对中华民族传统文化的感悟和提炼，而且提炼出的精神元素在全国都是稀有的。李发模老师之前也有一部诗集，5000多行，展现出来的对民歌的参悟，在中国几乎没有人能达到。李发模老师对文化、文字的参悟度，是值得贵州广大作家学习的，当然也包括我。刚刚中共贵州省委宣传部副部长李朝卉与中国作家协会诗歌专业委员会主任、著名诗人叶延滨先生，对这20本诗集给予了充分肯定和理论上的指导，下面我就更为具体的长诗创作的问题，与大家一起讨论讨论，希望更接地气一点。

第一个问题，从纯粹的诗歌角度出发，怎么把长诗写得更好？我看这19部诗集可以打70分左右，而李发模老师的诗集可以打90分。首先，每一位诗人对一方水土的把握都很好，表达得很流畅。我的建议是尽管写的是小山村、小镇子等，但小中可以见大。以李发模老师的作品为例，他的作品就不小，直接关联人类和宇宙。哪怕是小地方，也要把精神的触角伸出去，而且要伸到一定的高度，这是其他19部诗集所没有做到的。以李发模老师的诗集为例，他的精神高度和对文字的参悟度，是其他19部诗集所欠缺的。李发模老师堪称中国诗坛老黄忠式的诗人，其他19部诗集的诗人可以再研究一下李发模老师，他给我们的那些启示是值得学习的。尽管写的是一个小地方，但是他把它写得不小，写得充满了人类的探索精神，而且还有很多神秘感。诗歌离不开神秘感。我们都是用汉字书写，但是为什么李发模老师写的就不一样，就大气呢？大家应该都能看得出，他的作品进入到了一种陌生的意境当中，这是很重要的。这是第一点，当你写小的时候，即在把握小地方的时候，也可以延伸到天地万物，甚至五千年的中华文明，这一切都可以云集于自己的笔下，我们在写小的时候可以做到这一点，而且这是完全可以做到的。

第二个问题，关于形象的问题。尽管是对一个古镇、一方水土的一种把握和表达，但我们还是要注意，怎样把这个形象提炼出来，即便是一个古镇、一个小村落，也还是要有一个中心的形象，要围绕中心的形象去展开联想、展开想象，进行思想的渗透。因为我注意到有一些人写的时候都写得比较"散"，这就是没有找到中心意象，若没有中心意象这个"散"其实是难免的。一个村庄肯定是各个角落，要展现出来，弄不好就散了。怎么样避免这个"散"？这就要把这个古镇的灵魂参透，然后用灵魂与中心的意象把它们串起来，让它们形成一个巨大的整体，然后用才华把它们弥漫开来……要弄明白这个小镇或者这个小村庄的精神和传承是什么，然后用这个精神传承把角角落落都串联起来，把这个精神与传承表达出来，那样的话就不会"散"了。现在个别诗集的确还有"散"的问题，这是我觉得要小心的问题。

第三个问题，语言的问题。还是以李发模老师的作品为例，李发模老师的诗歌语言就比较凝练，几乎看不到废话、废句子。有些诗铺陈得太多，尤其是一说写长诗，有些人就使劲放开写了，以为长诗就是要敢于放开写。其实越是写长诗，越要惜字如金，惜墨如金，每个句子都需要好好打磨。所以在这个问题上，咱们的19部诗集跟李发模老师的作品相比较，在字句的精炼和爱惜上还有差距。

第四个问题，咱们贵州是一个民歌资源非常丰富的地方。李发模老师写过一个作品，叙事长诗《呵嗬》，大约5000行。我特别在意民歌，我认为中国当代诗歌重要的精神之源就是民歌，现在我们中国新诗从外国、从翻译诗里吸取营养的多，从古典文学当中还能看到一点影子，但是从民歌里面，我们很少看到像李发模老师那样对民歌的酷爱、搜集、充分运用以及挥洒自如的表达。因为有些东西，我们用白话文表达出来的时候，表达得就很平白无趣，思想也无法得到优美的表达，而民歌在表情达意的时候，有时两三句，甚至一句就表达出来了。我们常常会发现我们用白话文写半天，还不如用民歌的一两句，意思一下子就表达到了。我为什么很在意民歌？民歌语言的精练度和《古文观止》里面的名篇差不多，都是非常凝练的，所以我们千万不要忽略民歌。贵州是一个民歌资源非常丰富的地方，云贵民歌和陕北民歌几乎不相上下，侗族大歌实际上也是民歌。在这19部诗集当中，我觉得民歌的东西也是欠缺的。我是希望大家能够脑洞大开,能够往上走一走,民歌是不可忽略的,尤其是云贵民歌。我希望的是,比如说,这20本诗集,明年各地能把这些书卖光,到再版的时候,大家能不能在再版的过程当中,把本地的民歌再吸收、融合进去?在修改的时候渗透进去?创作长诗别指望一次性就写好,刚完成一本3000行的诗集,就能马上成为精品了吗?不可能,精品要反复打磨,我认为,这20部诗集还有很多修改打磨的空间,还可以做得更好。这是我讲的第四点。

最后,我还有一个希望,就是对诗人来说,贵州特别好,诗人团结。我特别喜欢你们贵州这一下子就有20个人一起去创作,大家虽然各干各的,但是汇聚在一起交流修改,这非常难得。我觉得贵州一定要保持良好的风气。还有一点是,我们诗人要自爱,除了要把作品写好,还要把人做好,克服文人相轻的陋习。就诗来说,这个是历史说了算,不是哪一个人说了算,让历史去告诉未来。诗人之间要互相取长补短,关于这一点,我觉得贵州诗人,尤其是遵义的那些诗人,他们在李发模老师的带领下非常团结。我建议中国作家协会诗歌专业委员会的叶延滨主任给贵州的诗人颁发一个奖状——诗人团结奖。

(根据讲话录音整理)

长诗《呵嘀》将进入中国新诗史

——推荐李发模长诗《呵嘀》的理由

李发模的长诗《呵嘀》是一部可以载入中国新诗史的成功之作。为什么这样武断？难道我失去了理智吗？不，我非常清醒，并且非常理性。半年过去了，这部长诗一直放在我的案头，上述判断是在我看完李发模的第一稿后便产生的想法。随后，我给他提了几条小意见和小建议。几个月后，他又寄来了修改稿。同样，我又提了一点修改建议。现在大家看到的《呵嘀》，应该是诗人最后的修订稿。在这个过程中，我也一直在思考我的判断，最后我仍然坚定地认为：没错，《呵嘀》必定会进入中国新诗史。理由有二：

其一，从中国新诗史九十年来的经典来看，《呵嘀》弥补了民族史诗的空缺。虽然过去诗人公刘先生有过《尹灵芝》等民间史诗的创作，但文化背景等差异太大，没有置于整个人类文化的背景中去创作。而《呵嘀》不同，它产生于中国改革开放30年后的今天，是东西方文化交融之后，对民族历史文化的重新整合式的创作,故读来新异难忘。

其二,中国新诗九十年历史,在形式的创造上,以翻译为主流,几乎占据了中国新诗诗坛多半的时间。时至今日,中国新诗仍然以"翻译体"为主,鲜见如《呵嘀》这样民族语言特色突出的长诗佳作。李发模让我们看到了汉语,或中华民族语言的丰富多彩、变化多端,显示了诗人对中华民族语言的自信、自知,以及自如挥洒的才华。

缘于此两点,我作出了上述判断。

(首发《科学时报》,2009年11月13日/B4文化长廊)

面对现实与精神的、强有力的表达
——《欧阳黔森诗选》印象

据我观察,绝大多数成功作家的创作,都从写诗开始。我就亲耳听曹文轩、张炜、莫言——这三位大作家说过,他们的文学创作之初,都是写诗,而且"写了大量的诗"(张炜语)。他们当初为什么都写诗呢?这是个有意思的话题,以我五十多年写诗的体会来说吧。第一,写诗的孩子都敏感,易于察觉新事物;第二,写诗的孩子都多思,比一般孩子超前;第三,写诗的孩子都有用文字表达的欲望,所以比其他孩子更有文采。通过这"三个都有",他们在反复实践的过程中,会获得一种推动力,并在这种推动力下,前进到一个新的思维高地,显而易见就比不写诗的孩子,靠得前,站得高,能够形成自己独特的思维和眼光。而且,长此以往,会养成一种观察、思考、行动的习惯,而这个习惯一旦形成,又会比普通的孩子显得特别,因为脑袋里想的东西多,还写成了诗,甚至发表了出来,那受到的鼓舞和激励,又是其他孩子绝对没有的。小宇宙爆发了，从中汲取的力量，形成的内心世界，我以为也是其他孩子无法比拟的。事实也证明：少年时代写诗的孩子，后来从事文学艺术创作，成功的概率很高，这还不包括其他领域的成功人士，仅就我的观察来看，几乎能达到80%到90%，其中就包括著名作家欧阳黔森。

欧阳黔森告诉我说，他小时候最崇拜的就是诗人，而且至今都把诗歌当作文学皇冠上的明珠，平日里工作之余，脑子里装的也主要是诗歌，随时可能蹦出几句，常常会陷入一种诗的意境，久久不能自拔。出差归来，我的桌案上放着一本《欧阳黔森诗选》，我知道，一定是黔森寄来的，顾不上休息，就读了起来。正如少年时代写诗孩子的"三个都有"，欧阳黔森诗的感觉也非常好，比如《那是中国神奇的版图》一诗，他不提长江黄河，却说：

你白发苍苍
但双眼仍然年轻
一泻千里的两道目光
……一道黄色
一道蓝色
于是东方古老的江河民族
生生不息地享受你的严厉与慈祥

至今——五千年

含而不露,却又意象独特,感觉把握得恰到好处,既大气磅礴,又干净利索。又如,他写《西沙群岛》:

在西沙
分不清海水与天空
哪个更蓝

在西沙
分不清人间与天堂
哪个更好

在西沙
天像海一样蓝
海像天一样碧
要想知道
碧蓝是什么样的颜色
就到西沙来

在西沙

浪是风的魂

风是浪的魄

风起浪卷

水的肌肤上绽开花朵

无边无界

浩瀚无垠……

他视通海天,又能紧紧地贴着诗的感觉,把海天两色融为一体地表达出来,之后设问,再之后借风言魂,借浪说魄,抠住"风起浪卷"的一瞬"水的肌肤上绽开花朵"。这样准确而又生动地表达一种瞬息之间的意象和感觉,欧阳黔森还真是显得很老练、很自然,不能不说,他真是有一颗诗艺的心。其二,欧阳黔森多思求异,追求独特。如《肖洛霍夫的顿河》:

看见顿河的时候

一时心潮澎湃

特别想吆喝一声

可我并未出声

只是静静地伫立

由远而近,再由近而远

凝视静静的顿河

不知，为什么
此时，我的脑海里出现了
黄河的汹涌澎湃
长江的雄伟壮丽
相比之下
顿河是宁静而妩媚的

阅读肖洛霍夫《静静的顿河》的时候
从来都不能平静
甚至拷问这样波澜壮阔、气势磅礴的经典小说
为何取名《静静的顿河》

现在，我明白了
顿河确实很静
不要说波涛声
就是微浪抚岸的声音也听不到
尽管顿河是那样的宽阔
在这样的宽阔里
宁静、妩媚像一首绝美抒情诗……

专注坚定地直陈自己亲眼所见的顿河,并追思所见之根由,用长江黄河来对比,来寻找顿河之静静的缘由,而不是顺手牵羊地拿一些现成的词语来壮行色,他不屑于那样写诗,他艰难地寻思着自己的所见,写自己的所思所想,于是乎,我们就看到了一首安静的不一样的顿河之诗。第三,欧阳黔森与日俱增的表达欲,是他长期对诗艺参悟与实践,坚持投入生活又用心良苦、绞尽脑汁地创造的结果。他在《在陀思妥耶夫斯基的家里》写道:

在一个寒冷的冬天
第一次走进你的家
目光所及的
是我不可磨灭的记忆
尽管那时我的耳朵装满了
研究者那强劲的弹舌音
以及翻译一连串的讲解
而我的眼睛
更愿意盯着眼前
这位研究你的学者
她的眼睛是蓝色的
像大海一样的晶莹剔透

刹那间，我便跌进了那眼波里

感受陀思妥耶夫斯基的波澜壮阔

在这波澜壮阔里

我黑色的眼睛仿佛也有了大海的颜色

你在她的眼波里光泽四溢

而我在她的眼波里游泳

我知道，有你陀思妥耶夫斯基在

就永远淹不死我……

我、她、你，三维空间里的三双眼睛的交流，交互传递转换，还有三双眼睛看到的不一样的景物，在其间错动摇移，构成了现场的冬天、家、耳朵、弹舌音、蓝色、大海、眼波、游泳和迸出来的那句"永远淹不死我"的场景。欧阳黔森熟练地打开语言的多维空间，把四个以上的语言空间转换得像流水一般自然，而且使诗句读来亲切温馨，又获得了充满魅力的张力。如"在她的眼里／你就是一个传奇／而传奇所蕴含的向往／赋予了每一个志士的砥砺前行……"

《欧阳黔森诗选》选了七个组诗、四首短诗和一首长诗，我最欣赏的是他写的350行的长诗《贵州精神》，虽然这个标题抽象了一点儿，但是一读诗，你立刻就能明白，他的心绪之激荡与思辨之雄强，明白他内心深处的疼痛与不甘奋起的心誓之澎湃。如：

贵州人

有谁能够保证

没有被

夜郎自大

黔驴技穷

这两块巨石

压得痛心过

是呀！还有什么谬误

比这更让人心痛呢

贵州人

不应该在这痛中麻木

失却自信

而是应该在这痛中

自信自强地发出

一声断喝

他内心的自尊，在这里正在悄然转换，而这转换的过程，就充满了思想的进击与反省反思的力度。如："事物的属性总是充满了辩证／自大与自信／原本只在毫厘之间／过之则是自满／就是不知天高地厚／只要把握好了分寸／自大一回又有何妨／自大而不自满／何尝又不是一种自信呢？"接着,他展开思辨,这不是自圆其说的强词夺理,而是胸有热血的精神升华,一县一州一省,哪里的人没有自己的个性,没有自己的威严与尊崇?所以,欧阳黔森写道:

一滴水于弱者是泪,于强者是汗
一滴水向往大海而艰苦卓绝的过程
于弱者是灾难
于强者是财富

我们生活在唯一没有平原的省份
于是贫瘠成了我们的心病

可是,有谁会想到
是"多彩"这个简明的词语
却道出了这块神奇高原的
不尽风流

唱响多彩的贵州
是当代贵州人的精神风貌
是当代贵州人痛快酣畅的一次
大声吆喝
这吆喝之声

声声飞快地
掠过高原起伏的连山
飞到了山的后面
没有什么再能阻挡
因为,我们站在高处

理性与感性交织,内省反思与自豪进击交织,尤其难能可贵的是对自身、对所处大地的理解和认识,都是一种独特的见解,秉持这样的见解,大笔挥动,毫不含糊,大声吆喝,无须担心"夜郎自大/黔驴技穷"。我以为这才是诗人的本色,而好诗,就要有这样本色的光芒。刚刚,收到一个邀请发言的题目,"打造新时代'史诗'的难度与可能。"那好吧,我就再结合欧阳黔森的这本诗集,多说几句诗歌创作的"难度"吧。

我以为,这个问题提得好,而且是一下子就提了三个问题。一是什么是新时代史诗?这个问题有特定的时空所指,不是一般意义上的史诗,而是一个时段内包含了丰富内容的史诗。作为诗人,我想问的问题是:你认识理解这个新时空包含着巨大丰富内容的时代吗?如果你认识理解了,那么你就放开手脚与思想,大胆去创造吧。如果没有,那就先老老实实回到现实中,去披阅时代的书卷,辩证分析时代的一切令人心动心惊心向往之的大的人物事件,尽快获得认识和理解，之后挥动你的大笔写出与其他人都不一样的史诗。二是难度在哪里？我以为，难就难在麻木不仁，找不到时代的疼痛点，欧阳黔森的《贵州精神》就找到了自己不能容忍的精神逼迫的挤压之疼痛，所以他才有了激情，有了反躬自省，有了重拾的信心。三是关于有无可能性？可能性无处不在，关键是你我要在现场，要在精神的深渊与穹庐之顶，要有真正意义上的思想的爆发力。哪怕只有一丝针尖扎出来的缝隙，也足以顺其炸裂开来一个精神原子弹的威力。自信，源于实力。实力，诗歌创作的实力，源于对现实与精神进行强有力的表达。作家以自己独特的、不容置疑的、强悍粗壮的、绵延不尽的表达，来实现创造的目的。如此，还有什么难度不能超越？还有什么可能不可能的呢？

在贵州，作家欧阳黔森是一个地标式的大作家，他写小说写报告文学，获得了全国最高文学大奖鲁迅文学奖，他写电视连续剧，一部接一部，且获得了全国电视权威奖项"飞天奖""金鹰奖"。一个三尺书生，手无缚鸡之力，能有如此这般的成就，夫复何求？而我们又能对他有什么更高的要求呢？辛苦啦，我的欧阳兄弟黔森兄弟！保重。

（2024年8月31日，北京）

|访谈录

诗人的风骨在哪里？

——笔答《延河》编辑李东

李　东：一首《狂雪》，如一枚手榴弹抛向1990年的诗坛，又如一颗子弹击中读者内心柔软的部分。从发表到获奖，再到被铸成诗碑供人诵读，无数的赞誉，证明这是一首入史的诗作。它和一位叫王久辛的诗人紧紧连在一起。

有评论称："王久辛的诗不仅是20世纪90年代中国新诗的一面旗帜，而且也是新世纪中国新诗的一道风景。"当看完他的作品后，我觉得这种说法并不夸张。他的诗歌总是带着强烈的忧患意识和高尚的人文情怀，从《致大海》《大地夯歌》到近年的《香魂金灿灿》《蓝》，他用一首首气势恢宏的长篇诗作，一次次激起读者内心的波澜。

每一首长诗都有人激赏

军旅作家一直是作家队伍中的重要力量，独具魅力。军旅诗人又有哪些特质？带着好奇，我们走向军旅诗人王久辛的内心世界。

李　　东：王老师您好，我们先从您的作品谈起吧。许多人熟知您是从《狂雪》开始的，这首五百多行在诗坛产生重要影响的诗歌，据说是您在一夜之间完成的，当时的创作背景是怎样的？

王久辛：写南京大屠杀的诗歌车载斗量，我希望真正的诗人不仅要关心这首诗的写作过程与背景，还应该琢磨一下这首长诗从1990年发表至今，为何不断被人提及，几乎每天都有人阅读甚至评论。我希望大家理性地沉入这首诗的内在结构与表达的艺术方式上，它是如何实现畅达淋漓的表达的，难道仅仅是题材重要人们就会经久不断地关注？如果我说出来，也许会有人以为我不够谦虚，有点卖弄，所以我还是不说为好。但可以肯定的是，这首诗的成功，首先是审美创造的成功，是丰富了已经存在的诗歌样式的成功，是艺术形式的成功。它当然首先是独一无二的，而后才是引人注目，最后才是被评判。欢迎"70后""80后""90后"来评判。

李　　东：《狂雪》被侵华日军南京大屠杀遇难同胞纪念馆铸成诗碑，供参观者诵读，这不仅仅是诗歌受到特殊的礼遇，更是诗歌传递出的精神得到弘扬。二十多年过去了，再回过头来看，您觉得这首诗歌对您个人有什么影响？

王久辛：这首诗在《人民文学》发表后，当时就有很多读者给编辑部来信。我记得《人民文学》在正刊上曾选发了两封信。时任《人民文学》主编的刘白羽先生亲笔给我当时所就读的解放军艺术学院写了感谢信，言道：感谢军艺为《人民文学》提供了《狂雪》这样的好作品。并明确说《狂雪》是可以流传后世的。23年过去了，一语成真，白羽先生的话得到时间的证明。老人家的鉴赏水平在他那一级文化官员中确是翘楚，令我敬佩。他对我的影响，我自己也很难说清楚，但有一点是清楚的——从此我的名字与《狂雪》紧紧地连在了一起。

李　东：《狂雪》之外，您还向诗坛抛出了多首长诗作品，特别是《香魂金灿灿》，被评论界认为是您的代表作。同样是"安慰灵魂"之作，《香魂金灿灿》没有了《狂雪》中那些惨烈的镜头式描写，但通过金灿灿的油菜花，我们依然强烈感受到诗中的人文情怀和生命意识。这首长诗每一章都用"圣香飘飘／萦绕净界／境界无边／香魂弥漫"结尾，您有什么用意？

王久辛：我的每一首长诗都有人激赏。《狂雪》后的《蓝月上的黑石桥》《艳戕》《肉搏的大雨》《钢铁门牙》《柠檬色》《大地夯歌》等，几乎每一次发表，都有强烈反响。有的立刻就有很多读者评论，知名的不知名的评论很多。例如《诗潮》发表我的作品后就收到了几百封读者来信，该刊先后拿出二十多页刊发"读者来信"与评论，展现社会各界对长诗《艳戕》给予全方位的肯定与褒奖。长诗

《肉搏的大雨》与《大地夯歌》不仅被《新华文摘》《中华文学选刊》转载，而且还有全国性的重要报刊发表了评论并给予赞扬。后来的《香魂金灿灿》《安魂阿拉伯海》《蓝》不仅获得诗评专家张志忠、张清华、耿占春的好评，甚至在年度综述中也可以读到这样明确的文字：如果要找出一个值得评论的作品，那王久辛的……是值得一说的，等等。有文章说：《香魂金灿灿》是向死而生，是从深入死亡之府后对生之天堂的追问，是对生命终极意义的美学寻找与对寻找后的发现的诗意创绘。它承继了交响乐般创作的经验，以旋律的语言风暴，复合式修辞的炫耀，画卷式色彩的强烈渲染，实现了对抽象死亡的审美创造，从而使对生命的追问，有了力透纸背的力量。我在每章结尾重复用的那四句，是我从藏香的包装盒上抄下来的，使用时进行了雅致的修改。我的意思是，张扬一种生命的虔诚意识，故以营造宗教氛围来实现对所有诗意抒写的烘托。这是意图，也是技巧，更是境界，不知实现了多少。

军旅作家用行动思考

李　东：俗话说：文如其人。从您质量"过硬"的作品中，我们能感受到军人那种英雄主义精神，体现出强烈的责任感、使命感。您觉得军旅作家和普通作家相比，有哪些不同？

王久辛：军旅作家在一些基本的道德观与社会观念上，

不含糊、不躲避、不畏惧。这是因为他们在从军的过程中，已经用行动思考过很多问题了。注意，我说的是用行动思考而不是用语言思考！它们的区别就在于行动的思考更接近现实，也就是说更靠谱。不是军旅作家要有责任感与使命感，而是责任与使命像一条"疯狗"，撵着军旅作家不得不担起家国天下，不得不在道义与人性中挣扎并做出选择。他们非常平凡，但他们的行动让人感受到了思想。比如，地震中他后退了？选择时他畏惧了？等等，这都构成了思想，并对他们形成压迫。于是乎，他们的行动超越了他们本人，做得好，就有几何倍数的好评；做得不好，那就正相反，会糟糕透了。所以，军旅作家被这条"疯狗"撵得不能没有责任感与使命感，他们只有获得了行动替他们思考后选择的责任感与使命感，他们的思想才能够更宽阔地获得新生。没有为什么，这就是职业的宿命，让人别无选择。至于与其他作家的不同，我想就在于他们没有被责任感与使命感这条"疯狗"撵，他们从容得多也自由得多。因为他们很少站在家国天下的高度去思考，更没有用行动去思考意义，所以显得率性或轻薄？我不了解了。但据我观察，因为从军可以与大自然和生死近距离接触，这似乎有点高昂与博大？古今中外的军旅作家似乎都是宏大叙事的高手，有所不同的是艺术积累与艺术天赋，还存在一个天壤之别的问题。好的，当然出手不凡；差的呢，哪怕你当三辈子兵，没准儿也写不过人家没有从军经历的作家。这里的关键，还是你说的"质量"问题，不是当不当兵，而是人的质量、作品的质量过硬不过硬，若过硬，那怎么都行！

李　东：近年来，有许多优秀的军事题材作品被搬上银幕，深受大家喜爱，让更多人了解了军营生活，认识了军旅作家。您如何看待这样的现象？

王久辛：是有不少，但优秀的大多出自我们军艺文学系同学之手，如江奇涛、麦家、赵琪、石钟山、徐贵祥、柳建伟、陈怀国、李西岳、戴红、冯骥等。人类和平的维护需要军人，需要军队，所以军事题材作品是有意义的。虽然有的质量不高，但有胜于无，这是有一个过程的。不能只要成果，不要过程，那样不科学。

李　东：文学作品的创作，大多需要在自由的空间下完成，而高标准要求下的部队生活应该是比较紧张的，这与文学创作之间必然会发生一些冲突，您是如何化解的？

王久辛：紧张的生活本身就需要表现，而对生活的占有，才是创造出新意的必需。现在回忆过去的紧张生活，觉得非常有意义，所有的汗水都没有白流，因为创新需要独特的体验与独特的表达，紧张的生活本身就是独特的。

网络正在改变我们的生活与世界

李　东：我注意到您开通了博客、微博，还通过微信和读者互动。您如何看待这些新型传播方式？它们对文学作品特别是诗歌的影响在哪里？

王久辛：这些新媒体值得关注的价值在于它们相对的自由与公平公正。博客与微博无论什么人都可以开，都可以在那里发表自由的言论。当然，前提是不违法。对诗人来说，又多了一个发表作品与言论的地方。也就是说，减少了一个被埋没的可能性，又多了一个成功的可能性。事实上，网络正在改变我们的生活与我们的世界，只是我们没有真正在意罢了。

李　东：不可否认，受新型传媒的影响，传统媒体正面临着严峻的形势。作为从事编辑工作多年的人，您觉得纸质刊物的出路在哪里？

王久辛：出路只有一条——提高质量。

李　东：2008年，您的诗集《自由的诗》被波兰的出版社翻译出版，作为中国被该机构推出的为数不多的诗集之一，它的出版对您个人有怎样的意义？您如何看待作品在国外出版？

王久辛：这是我的诗集第一次在外国出版。我非常幸运，该出版社免费为我出版，从头到尾，没要我一分钱。而且始终在给我做工作,他们告诉我没有稿费,但恳请我同意在他们出版社出版我的诗集。他们向我介绍,他们为中国某某、某某、某某等出版的诗集都是他们自费出版的,我这本不收任何费用,但是没有稿酬。我说,稿酬必须有,否则不像话,哪怕一波兰兹罗提呢,也要给。波兰在中国的代理安飞龙先生大笑,并连声说OK,一个中国诗人的诗歌被翻译介绍到外国,这无疑是好事。但我对翻译水平始终不放心,一如我们看《楚辞》的不同译本,就会发现:无论是郭沫若,还是钱钟(锤)书,他们的翻译都与原文的美有很大的差距。所以我不敢期待国外的知音,就权当有这么回事儿吧!至于能否深刻地感染人,并获个"诺贝尔奖"之类的好事儿,我看就别做此等黄粱梦吧!

要像鲁迅先生那样写作

李 东:您的新浪博客,在很长的一段时间里一直使用鲁迅文学奖奖牌作为头像,我认为您是以此表达对鲁迅先生的崇敬。您如何评价鲁迅?

王久辛:我听说,现在中小学将鲁迅的文章从语文课本中撤下来了。这说明有人认为可以撤鲁迅的文章而不会影响中小学生的语文学习。我的想法恰恰相反,今天我们比任何时候都更需要鲁迅先生,需要鲁迅先生的文章以及鲁迅先生的精神。假使我们的精神文化里边没有鲁迅,我不知道还有谁可以代替他撑起精神文化的天宇，胡适？郭沫若？茅盾？巴金？是的，他们都很卓越，然而我还是觉得他们少了点什么。少了点什么呢？风骨，即"怒向刀丛觅小诗"的精神，那是无所畏惧的，而且是仗义执言、犯颜进谏的，守得住立场与精神的，有情操的人格与风骨的象征。我用鲁迅文学奖奖牌作为我博客的标志，正是想时刻提醒自己：要像鲁迅先生那样写作。虽然达不到"大先生"的水平，但心向往之，努力为之，时刻做之。这三个"之"中，"时刻做之"最重要。一个诗人，当然要有想象，但更要有为理想而"时刻做之"的行动，哪怕是一点一滴地去做，也比做鲁迅先生最瞧不起的"空头理论家"强！

李　东：您担任过两届鲁迅文学奖评委，在第三届您是短篇小说奖的初评评委，诗人怎么当起小说奖的评委了呢？

王久辛：当评委可不是自己想当就能当，首先你得是作协专家库里的专家，而后才有可能被抽到。诗人看小说，几乎都能看出小说的成色来；而小说家看诗，就很难说了。原因是相较于小说，诗的内涵与意蕴更深一些。我从初中就开始读小说，读到现在，也还在读。原因呢？是我觉得小说有更具体的现实生活，几乎每部小说都是一个世界，虽然读着费时，但还是收获不小。做评委的关键：公平公正公开。要勇于表明自己的观点，不要怕碰撞。思想是碰撞出来的，几乎每次碰撞都会有提高。对参评作者,一定要平心而论。票投给谁,至少要自己服气。如果能讲清楚理由,那就更好了。

李　东:曾在一篇文章中,您谈到自己的写作目的——为民主的文明的社会主义而写作。您是如何走上文学创作之路,又是如何确立这样的写作目标的呢?

王久辛:一个诗人、作家,总是要写作的。但要问你为什么写作?你说是为了稿费还是为了出名?固然写作可以挣到稿费出点名,但那就是目的吗?显然不是。"民主"与"文明"没有专属性,它们并没有拒绝任何社会制度的理由。而这个常识,并不是人人都明白。这就需要我们诗人与作家去启蒙、去唤醒。怎么启蒙与唤醒呢?诗与小说,都是审美的创造。也就是说,你不能用审美创造以外的方法去创造,你必须深谙审美创造的规律,内行地,娴熟地,独特地,丰富地,深刻地,优雅优美优秀地,动人动心动魄地去创造。目标?这就是目标,就是方向,就是理想与信仰,就是我这个人生命的全部意义。当然,除了意义,我还需要过每个人都过的寻常生活。

当下诗歌有风骨吗?

李　东:您的作品普遍立意高远、视角独特,有着磅礴的气势和鲜明的个人特色,是独一无二的。前不久刊发于《延河》上的长诗《蓝》,即通过社会灾难和人类不幸,唤醒人们内心深处对当前社会现实的思考和重视的佳作。您认为好的诗歌是什么样的？

王久辛：我已经多次对提问者说过了，这不是一个可以向诗人提出的问题。这不仅涉及礼貌与尊重的问题，同时还是一个对诗人是不是真正诗人的认识问题。对于真正的诗人来说，最好的诗歌毫无疑问是自己的诗歌。这与自夸和自恋无关，这是所有真正的诗人共同的禀赋，恐怕难以移易。《蓝》是当代诗歌中唯一直刺现实的作品，是荆轲刺秦式写作，是黑寡妇炸弹式抒情，是我真正的转型之作。评论家耿占春为这首长诗写了一万二千字的解读文章，我以为是正解，欢迎大家到我的博客去看看，连同《蓝》一起。

李　东：您博客最近发的《诗人的个性与诗的个性》一文，谈到"个性属于伟大的诗人，它与二流子是绝缘的"。如果从"世界上没有两片完全相同的树叶"这个角度讲，所有人都有与别人不同之处，这也可以视作"个性"。您为什么会这么说？

王久辛：我的意思是说，在当下，确实存在一个诗人的个性与诗的个性必须分开来看待的问题。人的个性鲜明，不一定写出来的诗个性也鲜明，是两回事儿。诗的个性是"装"不了一辈子的，能一生都一贯到底地沿着自己的修养、涵养、教养与血性写作，而且写的能赢得一部分或一些或两三个人喜欢，我就以为非常成功。诗歌写作与得奖无关，无论得鲁迅文学奖，还是得诺贝尔文学奖，都与诗人内心的纯正激情无关。所以，作为"鲁奖"得主，我要说，朋友，你不要看什么奖不奖，请你看我的诗，看过去的《狂雪》，看今天的《蓝》，看我说的与做的是不是一致。请你为我打分，看我配不配获得首届鲁迅文学奖。如果不配，亲爱的，请你把我删掉。

李　东：在您的诗歌语录中，第一句就是"诗歌是文学皇冠上的明珠，现在这颗明珠不够亮了，我们要把它擦亮"。请具体谈谈为何不亮了，又如何擦亮？

王久辛：这是2004年我与网友的一次互动中说的话，今天被你提及，我很高兴。这是一个很大的问题，但重要的是：明珠究竟存在不存在？存在，在哪儿？然后才是"擦"的问题。这么具体的追问，有点逼迫与强求，是不是？让我换个方法来说吧。我认为真正的诗歌，就像大海中的航标、高山上的灯塔，心灵里的火炬。无论你怎么写，古典、现代、前古典、后现代等等，但你还是要落到人间，落到笔下，落到人心里。你得让人心中点头，哪怕羞涩不愿开口，你也得让人家读后信服。好诗不是召英聚雄采风笔会得来的，而是厚积之后的喷发。厚积，学养与才华的厚积，艺术与哲学的厚积，磨难与思想的厚积，信仰与精神的厚积，等等。只有这个厚积实现了喷薄而出，诗的风骨，诗的光芒，诗的直入人心，才可能实现。嗯，当下的诗歌有风骨吗？有光芒吗？可以直入人心吗？我想，如果我们都这样问，那就相当于我们都在为诗歌这颗明珠擦拭尘埃了，问题是我们都这么认真地为这个不能充饥的问题而认真地反复地追问了吗？我怀疑。

李　东：这是一次比较特别的访谈，因为是通过微信完成的，但此刻形式已经不重要了，重要的是，这又是一次心灵的洗礼。

王久辛老师在答应接受访谈后，主动加了我的微信，这让我有些诧异。而后，对于我通过微信发送的访谈问题，他因为忙于出差，只能在旅途中的间隙，利用随身携带的电子设备作答。

我在感慨科技发达的同时，更敬佩王老师的精神。

访谈最后，他提出"当下的诗歌有风骨吗"，无疑是对当下诗坛尖锐的质问。在快餐文化风行、娱乐至上的时代，诗人越来越受到冷落，要坚守自身的气质更是难上加难。王老师却始终如一，不断向诗坛抛出也许只有少数人才有耐心读完的长诗，这种坚持和勇气，我们有理由向他致以敬意！

（2013年7月24日，知止斋）

诗人要完成的是一个境界的书写

李文钢：您最近发表的长诗《蹈海索马里》，塑造了一个当代维和英雄张楠烈士的形象，和书写一般的英雄事迹很不一样，能否谈谈您在创作这首长诗时的想法？

王久辛：张楠不是一个有很多英雄行为的那样一个英雄，那么怎么突出这个英雄，我真的下了很大的功夫。张楠烈士生前在中国驻索马里的大使馆里面站岗执勤，这个使馆，不是一个只属于咱们国家的使馆，而是一个酒店，里面租驻着四个国家的使领馆。只有四楼和六楼是咱们的，其他楼层都是别的国家的使领馆。所以那些恐怖袭击其实不是针对中国，而是针对别的国家的。但是张楠就在那儿执勤，一颗流弹把他打死了，他就是这样牺牲的。为了突出这个英雄，我从氛围开始书写，用极端恐怖的氛围，才能把这个英雄托起来。我把他压到最低点，而把恐怖氛围推到极致，在被子弹打得稀巴烂的恐怖氛围里面塑造他。就是说在这种极端恐怖的氛围下，你能在那儿坚持一小时、一天，就是英雄。有很多人不了解，也没看太明白，但是我已经努力把你带到那个氛围里面去了。

李文钢：您会不会担心，别人会认为您的创作总是偏向"红色题材"？

王久辛：我一点也不担心。其实我自信对历史和现实的认识都是最先锋的，因为我是写历史题材诗歌的。像《零刻度》，是我写毛泽东的。第三次反"围剿"胜利之后，本来毛泽东应该是志得意满的，结果宁都会议把毛泽东罢免了。所以当年何建明副主席带着我们去写宁都的时候，宁都的地委书记说："我们宁都出了三万多红军，还出了很多将军，他们都是为革命作出贡献的，所以我们请大家来多写一写。"我当即头皮就发麻了，眼前马上就浮现出了毛泽东被罢免后的凝重神情，我觉得这个毛泽东是最真最美最让人揪心的。从审美创造的规律来看，失败比胜利更有意义。

李文钢：哦，您被触动了？

王久辛：是，我被触动了。之后，我就去参观毛泽东当时在宁都会议时期的旧居、宁都会议的会址。旧居我进去一看，白天都是黑黢黢的，里面就是一个厢房和两个耳房，与当地普通的民居一样大。旧居下面有七八个台阶，除了白天、晚上开会，剩下的时间他就在那个黑黢黢的房子里面待着。一共是六天六夜。每天参加完会议回来后，他就在那里睡觉、抽烟,以及在窗棂旁边看月亮。从他的旧居出来以后,我就站在最下面的一个台阶上,摸着台阶上冰凉的石头和同行的人说:这里是毛泽东思想的零起点——如果说毛泽东思想光芒万丈的话,丈量毛泽东思想的皮尺,那个零刻度,应该按在这个地方,应该从这儿开始往上量。所以那首诗的名字叫《零刻度》。最后我在诗中写道:"诚如斯言/错误和挫折/教训了我们,使我们变得/聪明了起来……//仅此而已!"其实我没有引用任何历史资料,我只写了他们吵架、争论,他们说的什么我一句都没写,然后他回来,痛苦,抽烟,望月亮,散步,我就写了四百行。诗人要完成的是一个境界的书写,还有猜想。诗人没有资格去下结论,因为他不是历史学家。

李文钢:如果您把刚才您说的这些内容,做一个注释放在整首诗的后面,会不会让读者对于这首诗有新的理解?

王久辛:我为什么没有再做其他文章呢?因为我觉得诗歌已经写完了。如果你能读懂,那你就去读。当然,如果说是要写评论什么的,你就要去阐释。我一直说,我就是在实践王国维的诗学理论,写诗而造境,这就是我的工作。你可以去看我所有的诗,我都是在写意境。因为那个是属于诗的,其他的都不是属于诗的。那些思想性、史实性的东西,与审美创造的目标是不一样的。把意境提供给你,诗人要完成的就是这个东西,你不要想着什么都完成,结论也要完成,那是诗人做不了的。包括我写《蹈海索马里》也是这样,我就营造一个氛围,在这个氛围中张楠在执勤,他站在大使的旁边。子弹就在他的身边飞,而他就在那里站着,我就写这些足矣。

李文钢:也就是说,您对于诗歌艺术本体的把握一直是有一种自觉的吗?

王久辛:非常自觉。而且我一直在坚持审美的创作,无论是长诗还是短诗,我都侧重于造境,包括我最近写的《山葱茏 水葱茏》。我为什么突然要写《山葱茏 水葱茏》,是因为《人民文学》和《中国科学报》组织我们去浙江采风,去了解当地群众保护青山绿水的事情。去了之后,我们第一站参观的是吴昌硕纪念馆。我看到那儿有一块碑,禁风物碑,禁止到山上乱砍滥伐,要保持青山绿水。看到这块碑以后,我一下子就站住了。我说,你们看人家一百五十年前就这样做了,人家的碑在这里立着呢。结果我上网一查,中国有史料记载的关于保护大自然的碑刻,就有六七块,最早的可以追溯到北魏时期郑道昭的一块碑,上面明确地写着要禁止乱砍滥伐,要保护青山绿水。中华民族的老祖宗早就有行动有文字!我一下子就精神了,我说习近平总书记说了,要发扬中华民族的优秀传统文化。我说保护青山绿水就是发扬中华民族的优秀传统文化,我们的传统文化就是这样的。吴昌硕画梅、画石,还养竹,我就写这块山水的人,如何养山养水养花养草,灵感是从吴昌硕这儿来的,而且还有吴昌硕的这块碑为证。这样来写,一下子就获得了美的深度,美就有了灵魂,有了血脉……

李文钢:诗坛现在流行的是"个人化"写作,而您的诗写的一般都是大题材乃至重大题材,您在选材的时候是有意的选择,还是那些东西触动了您,然后您才提笔创作?

王久辛:是这样的,两个方面都有。比如这次到浙江,就是他们组织我们去参观的。大家都去写,但是历史观和创作观不一样,效果当然也就不一样,对吧?因为我不是直奔主题去的,我是带着良知在感受这片土地,在寻找这片土地的根脉魂魄,在为美丽的大自然寻找美的依据和精神的寄托,我当然是与任何人都不一样的。这也是我三十年来的探索与实践的经验总结,我没有理由不自信,因为我若不自信,就真是对不起热爱《狂雪》的读者和我自己了!

李文钢:您写《蹈海索马里》,没人组织您去吧?

王久辛:《蹈海索马里》也是山东武警总队邀请我去的。他们是邀请我去指导他们写关于张楠事迹报告会在人民大会堂的演讲稿,我给他们的指导意见就一条,即宁可写得像小说,也不要像通讯。你们如果能把演讲稿写得像故事或小说那样就好了，不要写成政治报告。我的经验是一个演讲稿里有三个小故事，三个小故事里面各有三个小细节，这样就足够了。然后我自己也在那里了解了一下，跟几个和英雄张楠一块儿在索马里执勤的战友整夜聊天，聊完以后我就写了这首诗。因为我又不写演讲稿，那我就写首诗呗。

李文钢：那其实往往也不是您有意地去写某一个东西，而是在日常工作中接触到了，然后有感触了，您就写出来了？

王久辛：对，可以这样说。我写《蹈海索马里》时觉得很有挑战性。因为他就是在摩加迪沙执勤，真的没有什么特别突出的英雄事迹。就是在那里整天站岗，就像一个保安一样整天在那里站着，你说他能有多少故事？不好写！但是你可以把当时恐怖的氛围烘托出来，三十米以外就有爆炸，眼看着一个少女自杀式爆炸，这些都是真的呀。这个氛围是真实的，你必须得把这个氛围还原了，他站在那里不打战，保持威武雄壮的中国军人姿态，这就是英雄。如果没有这个氛围的烘托，你站在那个门口站岗算什么？不算什么。但是你如果把流弹来回穿的氛围写好了，他的英雄行为自然也就出来了，是这个道理。

李文钢：《狂雪》这一点做得也非常好，整个氛围的烘托，沉重、压抑又让人血脉偾张。

王久辛：我是深悟了造境的奥妙的，我的长诗都是以造境为主的。比如我写《肉搏的大雨》，就是写的百团大战，要知道百团大战是一千八百多场战斗，历时三个半月，它可不是苏联的那种坦克大战，是零散的战斗。我开始想写百团大战的时候，把百团大战的资料找了一大摞，看完以后，我人都已经傻了。这场战斗根本就不是一个完全计划好的战斗。一千八百多场战斗，历时三个半月，你说那得怎么写？而且它们都是零零散散的，你如果写了这个战斗，就会把另一个落下，怎么处理？我们去采访的时候，从狼牙山五壮士跳崖的那座山上下来，正好赶上下大雨，都被淋得像落汤鸡一样。我们匆忙地钻到了面包车里，车开了两个多小时，才开到一个小山村。然后才找到了一个抗日老战士的家，当地政府给联系的，到那儿吃饭。家里那个参加过百团大战的老战士在那里抽烟，我就和他说："老大爷，您当年参加百团大战时，有没有印象特别深刻的故事？能不能给我们讲一讲？"他半天不说话，我就说："你随便说嘛。"还是半天不说话，最后说了几句话，他说，很奇怪，上面吧，一到下雨的时候，雨下得越大的时候，他就越给你下任务，要么就是去端炮楼，要么就是去破坏铁路，只要一下大雨，就有任务。因为这样的话，敌人就没有防备，一下子就能搞定。我一听，脊椎骨就麻凉凉的，我知道，我找到灵魂了……所以我那首诗的题目才叫《肉搏的大雨》。大雨是从这儿来的，这个意境马上就出来了。然后呢,蔡其矫有一首诗叫《肉搏》,他写一个日本军曹和一个八路军两个人拼刺刀,一个顶着你的心脏,一个顶着我的心脏。最后八路军往前一用力,把敌人刺死了,日军的刺刀也刺到了自己。那首诗有三十来行,我把这首诗的细节放大并借鉴到了我这首诗里,放大到什么程度?放大到:你压过来,是一座富士山的沉重;我扳过去,是一座泰山的巍峨,就是扳过来压过去。然后,你注意听,在这里我用了一百五十多行,就写的是扳过来扳过去的时候,臂关节和肘关节发出嘎吱作响的声音。然后你听着这个声音,就是嘎嘎吱吱吱吱嘎嘎,满山遍野,在大雨中的嘎嘎吱吱吱吱嘎嘎,这是全诗本质的推动力。

李文钢:嗯,全是生动的意象。

王久辛:对。若是你去详细地描写一千八百多场战斗,你得怎么描写啊?这才是诗的写作方式,把战争浓缩为声音的本质,大雨的意境,所以这种造境的方式,我是把它做到了极致。你再看《狂雪》这首诗,是用鼻子闻,闻那些血腥的气味。只要你嗅觉正常,闻就够了。气味的描写、色彩的描写、声音的描写,我全部把它们推到了极致。八百多行的诗,一下子就倾泻下去了。我在写的时候,是有一种快感的。写的时候,我故意埋着那种难度,实际上是只有我自己才能感受到那种快乐。高明不需要说破,让人去感受,也许更有意义。

李文钢：您在写这些诗的时候，有没有想要为它们加上注解的冲动？

王久辛：我也想过，比如当有一天我不再写诗的时候，我给每一首长诗写上一篇小文章，自己阐释一下自己艺术创造的用心之处，这是可以的，但是我现在不想去做这样的工作。其实我一直在等待一个知音，但是我一直等到今天，还没有等到一个像样的、写长诗写得让我觉得很高明的人。短诗确实有写得令我叫绝的，但是长诗我确实还没有看到一首。就是能够把一个题材这么老练地、自由地、主动地、高明地、起承转合地表达好的人。我的诗，基本上每一部都是一个交响乐的结构，围绕着一个主导动机在不断地发展，循环往复地往极致的方向发展，这就是我最重要的特点。而且我对交响乐是百听不厌，我最喜欢伊戈尔·菲德洛维奇·斯特拉文斯基创作的那种野性的狂暴的冷森森的音符，锵锵锵锵，锵锵锵锵，锵锵锵锵，那种感觉就和战争中的"四面冲锋、八面横扫，像雾一样到处弥漫"的感觉是一模一样的。所以我就特别喜欢，然后我又重视重复的艺术。梆梆梆梆梆梆，梆梆梆梆梆梆，它是在不断的循环往复的发展的深入开展丰富世界的感觉，所以我的长诗，别人看完了以后，他不累，而且觉得过瘾。

李文钢：我在读《狂雪》的时候也注意到，您经常在一节里面就有好几个词语的循环重复的递进，这也是您营造诗行节奏的一个方法？

王久辛：对，不断地暗接上节，始终不要让它"断了气"。

李文钢：您是有意识地想要造成一种气韵的流动？

王久辛：是行云流水的酣畅淋漓的表达，全是气韵贯通的，是非常机智巧妙的，利用词与词之间非常微妙的那种差异，把它安排好。如果我没有这点自信和发现的话，我也早就离开这个领域了。因为我知道，当代诗人很少能把一首千行长诗做到始终贯穿这一点的。而且我不是写几首小诗啊，我的长诗都是四五百行甚至一千多行。我在一首长诗上所下的功夫，绝不比在一部中篇小说上甚至长篇小说所下的功夫少。当我写一个东西的时候，画面是完全展现在我眼前的。如果说那个画面是一座房子的话，我写的只是其中的一个手指头，你看我的诗都是这样的。用心良苦地选择形象与情绪的表达，严防"断气"与失去意境。

李文钢：把更多的内容都放到背景里面，是以小见大。

王久辛：对！我知道，从诗歌艺术的角度说，当代很多诗人的名声和他们所具有的技艺，差距太大了。有的诗人，他是在用反意识形态的思想主导着自己的创作，思想和他一致的人呢，就觉得他替他们说出了很多他们说不出来的话，就觉得他高明得不得了。可是我们这些人在看他的时候，不仅仅要看他的这个东西啊，还要看他的意境营造与修辞密度的表现啊。高水平的表达就像特技一样，你翻了几个跟头，我们都要看到。问题是你就这样飞过来飞过去，一个跟头都没翻，你还能让我们认同你是高竞技水平的吗？不可能的。艺术到了一定层级的时候，我认为你必须拿出几首大诗、长诗来，而且那个意境的创造与修辞的含量、整体表达的水平都必须是很高的才行。你看人家奥克塔维奥·帕斯的《太阳石》，奥迪塞乌斯·埃利蒂斯的《英雄挽歌》，一首诗往那里一放，难度和意境都在那里放着，思想和哲学全在这里头了。奥克塔维奥·帕斯的水平、修辞程度、语言空间的开拓程度，多么宽阔，你一看就知道。

李文钢：一个人在生活中的感触可能是方方面面的，一天可能有很多种不同的感触。哪些感触能进入自己的诗歌选材范围，您是怎么制定这个标准的？

王久辛：这是很奇妙的。有时候你在写作的过程当中，过去的东西不由自主地就会出来。真的是这样，有的句子我都想不起来了，但是当我写到那一刻的时候，脑子里突然噌的一下全想出来了。包括写随笔和古诗词什么的，平时让你背谁的诗，猛地一下你可能根本就想不起来，可是当你写到那儿的时候，顺笔就写出来了。那个时候的记忆，是能够一下子畅通的。所以我说有的时候它是沉睡着的，佳句有的时候就沉睡在你的脑子里，只要你用心，它早晚有一天会冒出来，就是这样，非常简单。但是，你一定得日积月累。尤其是大作品，每一个大作品当中必须要有一个精神的高度。像《零刻度》《山葱茏 水葱茏》，我刚刚写的这些作品，每一个都有。它的这种精神的高度，一定是超越于这个时代的，包括我的《蹈海索马里》，再过二十年看也一样站得住。我的长诗集《初恋杜鹃》最近要再版，我把这些长诗拿出来重读，没有明显的意识形态的东西，还是独立的抒情结构。

《狂雪》是标志着我的长诗创作走向成熟的最重要的一部作品。接着我就写了《蓝月上的黑石桥》《艳戕》。《狂雪》一个标点符号都没有用，但是《蓝月上的黑石桥》全部用了标点符号，短句都用句号，让两首诗的样式完全错开了，这种文体的自觉意识，我也是很自觉很小心的。尤其是在同一个时期写的，我要让这两首诗放在一起时，你看不出来它们是在同一个时期写的。这就是一个自觉，自觉的审美创作和不自觉的审美创作的区别，在这样的细节上都能看得很清楚。《狂雪》之后的写作，我的审美能力和审美表达，可以说都比较成熟了。

李文钢：您对读者认为您的诗歌创作似乎总是偏向重大题材有什么看法？

王久辛：作家、诗人若不去进行历史表达，谁去表达历史？如果我们不表达历史，谁去表达历史？你看我们诗歌界行走的人，很多是不入流的，不是说他末流，而是说他不在中国的主流社会里。他们不了解主流社会生活，怎么去表达？然后他们写一些谩骂的诗，跟主流社会的边都沾不上，还想进入文学史？你对主流社会完全没有表达。我说的不是歌颂，我说的是表达。你应当有自己的审美表达和审美立场，你连了解都不了解，你怎么表达？社会现实是我们每一个人内心深处最疼痛的东西，外界的东西只能是新闻资讯和道听途说，有的只能对你产生一些影响，多数情况下是构不成内心的风景的。跟内心没关系的统统都不叫现实，只有那些令我内心深处最痛的事情，让我最惦念的事情，当然也包括让我内心最喜悦的事情，才是现实。

李文钢：同样是诗人，他们所惦念的内容和痛点可能是不一样的。您在写作的时候，肯定也会有一些让您困扰的个人问题，但是那些问题，为什么往往不会进入您诗歌写作的范围？

王久辛：我给你举个例子，你一下子就知道了。我的《大地夯歌》写长征，这个长征跟我内心有什么关系吗？表面上没有关系，但是我在读长征的资料的时候，看到哈里森·索尔兹伯里写的《长征》的序言，他说到"长征是求生存的努力"。我们看看中共党史就会清楚，那时候中共高层的一些人本来不愁生存问题。在20世纪初，中国的知识分子家庭，特别是富裕家庭的子女才有可能接触到报纸杂志。父母把他们送到学堂，他们才能买得起那些书报刊。父母以为他们在读书呢，实际上他们看的都是宣传马克思列宁主义的书籍和文章。这些人通过读书发现了一个共同的东西，就是马克思列宁主义的传播让他们发现了剥削的秘密。他们同时发现了这个惊天大秘密，发现了社会的不公平。百分之九十以上的财富，被百分之十的人占有，怎么可能是公平的呢？肯定是不公平的。这个秘密，在那个时候，被中国共产党的第一代领导人发现了，他们开始成立政党，野心勃勃。不要低估了这个野心，这个野心是掀天揭地的野心，是建立一个新中国、新社会的野心。这个秘密为什么能唤起工农千百万，就是因为他们发现了剥削的秘密，跟谁一讲，谁都不服气，一说就明白，而且不用过多的知识。你看，打土豪分田地，一下子就能唤起工农千百万。但是呢，哈里森·索尔兹伯里的那本书的前言里还说："什么长征啊，就是求生存。"在那个时期，就开始出现了一大批抹杀革命正当性的作品，而这个抹杀跟我有关系！我不能容忍，所以我写的《大地夯歌》，是把长征比作为中华人民共和国打地基的大地夯歌，是一群有理想的领导人带着本来没有理想，但明白了这个世界不公平，必须要将之推翻的人进行的伟大远征。一千八百行，是我最好的长诗。

李文钢：您认为这首长诗是最好的？

王久辛：从结构到语言的成熟度，它最好！而且回答这个问题回答得最好，最为充分。不是说它是理想的战歌，而是一群有理想的人带着一群没有理想的人也变成了有理想的人，是这样的一次远征。所以你看，我的回答是这样的回答，表面上看，这个问题和我没有关系，但是我是老八路的后裔，我有责任说出这个真相，写出这个真相，所以我穷尽所有的才华，写出了一千八百行。

李文钢：就是一般人觉得是和自己无关的事，您觉得和自己是有关的？

王久辛：太有关系了，因为它抹杀了我父辈革命的正当性。我必须要把它纠正过来，一千八百行，从头到尾贯穿着理想和信念，这一点是很难做到的。而且国民党为什么失败，共产党为什么胜利，在这首诗里也揭示得非常清楚。

李文钢：您每次动笔之前，是否都有一个理想中的范本？有没有您特别喜欢的诗人，在心中把他当作一个暗中模仿的对象？

王久辛：我心中一直觉得中国古代最好的长诗是《离骚》，从开头到结尾，骈词丽句，一句接一句，其实我最想追求的是这样的感觉和境界。但是到目前为止，我还没有达到。在中国古代像《离骚》这样的诗，绝无仅有，再也没有超过它的。你别看它那么早，但是它的文本在那里放着，是令人绝望的文本。我就觉得如果我什么时候能写一首像《离骚》那样的诗就好了。我内心最崇拜的一首长诗就是《离骚》，没人能达到那样的高度，它真是令人绝望的文本。而且我一直认为，一个好的诗人必须有长诗。就像作曲家不可以用"小夜曲"来当自己的代表作一样，诗人也不可以拿自己的几首小诗来当自己的代表作，必须是《狂雪》这样的大作品。艾青的《光的赞歌》《大堰河——我的保姆》，郭小川的《将军三部曲》《厦门风姿》，贺敬之的《放声歌唱》《雷锋之歌》，作品都在那儿放着呢。那么大的体量，那么大的腾挪空间，这才是大诗人的气质。

李文钢：在现代诗里面，您心中有没有比较理想的范本？

王久辛：奥克塔维奥·帕斯的《太阳石》、奥迪塞乌斯·埃利蒂斯的《英雄挽歌》，都是我非常喜欢的，都读过上百遍。我觉得他们对时间空间的进入，对瞬间的扩写，还有形而上的思考，非常了不得，给了我巨大的启发。尤其是《太阳石》，太厉害了，我非常喜欢这首诗。到目前为止，国外的诗，我认为像咱们的《离骚》那样的诗，就是奥克塔维奥·帕斯的《太阳石》和奥迪塞乌斯·埃利蒂斯的《英雄挽歌》这两首诗。到目前为止，我还没有看到哪个外国诗人超过他们。

李文钢：您还是更喜欢这种大气磅礴的风格？

王久辛：对，我喜欢气场大的东西。因为这个气场太重要了，沃尔特·惠特曼的气场就大，读起来酣畅淋漓，有英雄气质，热血澎湃。包括巴勃罗·聂鲁达，也有这种感觉。跟别人不太一样。为什么我更喜欢奥克塔维奥·帕斯？因为奥克塔维奥·帕斯的语言质量和密度比沃尔特·惠特曼和巴勃罗·聂鲁达要高，甚至也比奥迪塞乌斯·埃利蒂斯高，而且人家是长诗。

李文钢：您最早读到奥克塔维奥·帕斯的《太阳石》是什么时候？

王久辛：1991年第三期《世界文学》。我拿到这期《世界文学》就开始读，读第一遍就被震撼了，然后就反复读。后来我认识了译者赵振江，又成了好朋友，他又送给我一套奥克塔维奥·帕斯的作品。

李文钢：您读到这首《太阳石》的时候，《狂雪》已经写完了吗？

王久辛：那个时候《狂雪》已经发表了。我如果在写《狂雪》之前看到奥克塔维奥·帕斯的这首诗的话，我的语言的密度可能会更好一点。但是那个时候我已经看过了奥迪塞乌斯·埃利蒂斯的《英雄挽歌》，要说有影响的话，《英雄挽歌》对《狂雪》有影响。但是我后来的诗歌，在追求语言的密度上，受奥克塔维奥·帕斯的影响是有的，直到现在都受他的影响。比如有时十行诗写出去，我就知道它太水了，我就会把这十行诗捏成两行，这种功夫是奥克塔维奥·帕斯给我的启示。他指甲盖那么大一块，就能顶别人一个壶那么大的容量，这是他语言的质地。就像《离骚》一样，有两百多行，可它不是比一千行的质量更高吗？这种感觉太明显了。所以我说《离骚》《太阳石》都是令人绝望的诗，密度大，不容易。

李文钢：在当代的诗人里面，有没有您比较欣赏的诗人？

王久辛：其实我对郭沫若、闻一多、艾青、贺敬之、郭小川都是非常崇拜的，包括写《黄河大合唱》歌词的光未然。我一直就想搞一个《狂雪》大合唱，我骨子里有写史诗巨著的潜质，我有想要用这种艺术形式去震撼人心的野心。

李文钢：您骨子里想要写宏大作品的野心是什么时候开始有的？

王久辛：其实在我看来，中国已经发展到了一个新的重要阶段。比如我的《狂雪》，"我们整个人类的兄弟姐妹，让我们坐下来坐下来"那一段，其实就是在写人类命运共同体——那是1990年3月；在写《蹈海索马里》的时候，我在内心里，就想写一个世界题材的大作品，所以我在去帮他们改演讲稿的时候，主动地就把这件事做了。为什么我的激情在那里？因为我已经下意识地感到，中国已经进入人类舞台的中央。经济活动越频繁，就越需要军人的保护，所以未来中国军人的国际化应该成为常态。在这首诗里，也透露着中国的"和"思想，中国向世界各地派遣维和部队，和美国到世界各地去驻军，其实是不一样的。你想想看，我写的这个张楠式的中国军人到了国外一年多，没有放一枪一弹。我们对自己的军人管得特别严，不到威胁生命的关键时刻，是不会让你放枪的。

李文钢：您对宏大风格的喜欢，是不是从中学时代您喜欢《离骚》的时候就开始萌生了？

王久辛：我一直认为，中华民族五千年的历史，那么多的历史大事件值得书写。我认为当代的有些知识分子和艺术家被所谓的西方文化消解得没有历史观了，怎么分析问题都不会了。所以有大量的历史事件没有被好好书写，这是一个巨大的空白。

（本文原载《长江丛刊》，2019年7月/上旬）

我一直在坚持审美的创作

《文化艺术报》：您的诗集《狂雪》获首届鲁迅文学奖，后来有没有再申报？要是申报，会不会再获奖呢？

王久辛：首先，鲁迅文学奖是中国文学最高奖，尤其是中国诗歌的最高奖，这是毫无疑问的。我觉得目前还没有任何一个奖可以挑战鲁迅文学奖的权威性，所以它是最令诗人们向往的一个诗歌大奖。我有幸荣获首届鲁迅文学奖诗歌奖，真是三生有幸。我还做过三届"鲁奖"的评委，一届小说，评的是短篇小说，两届诗歌。对反复申报的申报人，其实大家都是另眼相看，什么意思呢？全国就这么一个奖，你都已经得过了，怎么还想再得？这有点不知节制。据我所知，很少有人能够连续荣获"鲁奖"，尤其诗歌，根本就没有啊，就是这么个情况。因为我是一个比较自知的人，更是一个知足的人，所以该停止的时候必须停止。

《文化艺术报》：今天的诗坛，诗人们说这个时代提供给诗人的空间与氛围非常有限，读者却认为诗人没有担当，大多停留在对诗歌文本的认识层面。您是如何看待当今诗坛的?

王久辛:诗歌写作实际上是一个人的战争。对于一个人的战争来说,我不觉得有什么限制,至少我个人是这样认为的。一个人的战争需要一个人去做各种各样的战争准备,你靠不了别人,更靠不了外界的力量。担当就是一个人的担当,有没有,一翻你写的东西就知道啦。所以呢,读者认为当下的诗歌没有担当,那我认为这肯定是对的。一个诗人有没有担当啊,这个不是他想担当就能担当的。怎么讲呢?他要有一定的社会地位,或者文化地位,再或者精神地位,至少他要在精神层面上获得一点话语权,没有你去观照什么?谁听你的?我对自称是诗人的人并不在意,我更在意的是作品。一定要有作品,没有作品说什么都没有用。所以我觉得,读者是对的,他们认为你没有担当,因为你没有作品。一个诗人是要用诗来表达的。我对当今的中国诗坛基本上是满意的。为什么说基本呢?就是说虽然没有特别醒目的、让人一下子就记住的杰出诗人和传诵的诗歌,但是诗人整体的写作水平是在上升、在提高的。

《文化艺术报》:从开始诗歌创作以来,您就具有鲜明的社会责任感和担当意识。在南京的侵华日军南京大屠杀遇难同胞纪念馆后墙上,有一块长39米、宽1.2米,刻有您的长诗《狂雪——为被日寇屠杀的30多万南京军民招魂》的铜质诗碑镶嵌在墨色大理石内。这首发表于20世纪90年代的诗,今天再看魅力依旧，意义常在。您能谈谈创作这首长诗的初衷吗？

王久辛：从获奖到现在，很多的报刊记者都在问我《狂雪》的创作经过，《狂雪》表现的内容和主题，等等。今天，在这里我就不再谈这个问题了。我想说，如果一个诗人一辈子写不出一两首能够让人反复提及并记住的作品，那他作为一个诗人是悲哀的。很多人在诗坛已经混得很有脸面了，但是没有一句诗能被人记住。这才是我今天想说的一句话，就是不管你有多么自信，多高的学历，认识谁，有多么神通广大的路子，我觉得你最重要的就是要写出一首让人记得住的作品。否则的话，就不要一天到晚地装模作样，到处当"教师爷"，那没意思，人家会把你当小丑的。

《文化艺术报》：有批评家说："王久辛的诗不仅是20世纪90年代中国新诗的一面旗帜，而且也是新世纪中国新诗的一道风景。"您曾大声呼吁：诗人们，时代叫我们重新出发！进入21世纪以来，您的诗歌创作发生了怎样的变化？

王久辛：这个评论家说什么，我觉得不重要，他说你是旗手也好，什么更高级的名词也好，那都不重要，真的不重要。因为一个诗人最重要的就是要好好写作，写出自己能够问心无愧的作品。而且这个"问心无愧"还应该拿到读者当中去接受检验，而且以后还要被认同，被时间证明你写的作品始终被人传诵被人记忆，这才行。

关于"时代叫我们重新出发"，如果我没记错的话，是全国新诗理论研讨会在北戴河召开时,我写的一篇在会上诵读过的文章,题目叫《诗人们,时代叫我们重新出发》。在这篇文章中,我讲到了一个意思,就是从20世纪70年代末,中国诗人就发出了解放思想的声音,一直解放到现在,诗歌也一直在贯彻着各种各样的思想解放。我们几乎把西方诗歌的各种流派都从头到尾地模仿着解放了一遍,包括弗洛伊德的精神分析和各种各样的"下半身"的实验,有的诗歌解放,不仅"下半身"解放,连"子宫"都解放了。所以我在这篇文章当中讲,我们是不是该想一想,当什么都已经自由到泛滥的时候,我们是不是要有所节制?对一些欲望,是不是应该有所劝诫?诗歌的精神内核是不是可以内敛一些?如果说诗要有一点教化功能的话,是不是可以在审美的创造中渗入一些劝诫性的元素?将这样的精神元素渗透到诗歌里边去,渗透到意象里头去,渗透到意境里面去。

进入21世纪以来,我个人的诗歌确实发生了一点变化,这个变化就是我觉得我更希望自己的作品,能够从审美的角度上,从美学的意味上,获得更具有美学价值的实现。也就是说更有意境一些,更经典,更往诗的本质的意境上去走一走。年轻的时候,凭着热情,可能有一首诗思想性好,意境差一点,那么也能说得过去。走到现在,我觉得就不能这样了,就应该有更高一点的要求,就是诗应该更有意境,要在诗歌的经典化上做一点努力。当然,思想性也不能没有。事实上,我对思想高度、精神高度的追求，也非常严格、强烈。我认为一首诗如果没有好的意境，就不要写；没有新的发现，即使有了发现，没有精神的提炼，也不要写。要写，就要写得更好一点，这是我现在的想法。

《文化艺术报》：当年，刘白羽先生看过《狂雪》后表示："我们可以在全国各个文学期刊上找，看还能不能找到这样的作品。《狂雪》是绝无仅有的，我可以预言，《狂雪》一定会流传下来。"写作《狂雪》这样的长诗，是军人的风骨，还是诗人的气韵？

王久辛：说到白羽先生，我内心是非常非常感激的。这个感激不是说他对我给予了褒奖，我就感激他，而别人批评我，我就不感激了，不是这个意思。我读初中的时候就读白羽先生的散文，他的文字我非常喜欢。以他那么崇高的地位，而且在他主持《人民文学》工作以后的第一期刊物上发表我的长诗《狂雪》，我确实感到无上荣光。白羽先生对《狂雪》的褒奖，我是听韩作荣讲的。后来，白羽先生去世后，韩作荣在悼念他的文章里，又把白羽先生对《狂雪》褒奖的话，写在了悼念文章里，还在纪念大会上宣读了。这中间还发生过一件事情，就是《狂雪》发表以后，白羽先生专门给我当时就读的解放军艺术学院写了一封信，信中也说了这些褒奖的话。我相信白羽先生，他是对作品说的，也是对整个中国诗歌界与文学界说的，决不仅仅是对我个人说的。他生前，我有无数次机会可以去拜望他，但是我没有。因为我总有一种心理，我觉得他要是没有表扬过我，我倒敢去；他表扬了我，我反倒不敢去了。我就是这样一个内心充满矛盾的人，非常矛盾。有的时候，我都觉得自己不可理喻，但是没有办法。我对我自己说：久辛，你是对的，人嘛，还是要给自己留一点尊严的，哪怕有点失礼。所以，我始终没有去拜望他。

你提的这个问题，最后还是说到了风骨。我觉得文人更需要风骨。军人需要刚强，这并不是风骨的问题，他是刚强。那么文人呢？他更需要风骨。这个风骨今天已经见不到了，或者是偶尔会闪一下光。但是我是见过风骨的。那年在一个诗歌研讨会上，一个很高级别的领导坐在主席台上，雷抒雁上台发言，他就毫不客气地说："我们今天是什么会议呀？是研究部署什么重大的宣传工作还是政治工作？如果是，开这样的会，那当然应该是领导们坐主席台，但是我们今天开的是诗歌的会呀，如果要坐主席台，应该让诗人坐主席台，如果论资排辈，台下的屠岸先生今年86岁了，是不是应该把屠岸先生请到主席台上？"那一刻，我感动得热泪盈眶。我见过这样的风骨，所以我要学习它。我觉得一个诗人就应该像雷抒雁这样，在金钱面前不能动摇，在权力面前也不能动摇。

作为一个从军一辈子的诗人，我的诗歌当中不可能没有剑气。最近，我把辛弃疾的诗词全集反复读了几遍。我觉得在中国古代的诗人里，只有辛弃疾的诗是有剑气的，既有风花雪月,又有刀光剑影,他是很刚毅的,所以我希望我的作品能有辛弃疾的这样一种意境、这样一种风骨、这样一种剑气,我希望我的诗里有这样肃杀的东西,事实上也有一些吧。从开始到现在,我一直都很努力。但是我真正把辛弃疾的诗读完,还是最近的事情,过去都是零零散散地读一些,这次从头到尾做了一次功课。之后,我更有这种感觉,我觉得如果你是一个有风骨的诗人,你一定会爱上辛弃疾。

《文化艺术报》:作为军旅诗人,您如何理解军旅诗歌在新诗百年历史中的地位和价值?

王久辛:说到中国新诗百年,我也写过一篇文章,专门讲百年以来的中国军旅诗歌。其实呢,百年新诗史,是不会分军人、工人、农民、知识分子的,它是不分这个的,它是以诗的成色来决定能不能入典进册,能不能成为经典诗人。在我看来,中国百年新诗和中国百年历史是完全吻合的。在这个历史进程当中,那些在历史前进过程中起了推动作用的作品,都应该有资格进入。描写战争,描写军人,描写北伐,描写抗战,描写解放战争,以及后来的抗美援朝战争,等等,就是书写这种大的战争,这样的诗进入诗歌史非常正常,没有就不正常,因为没有的话就是想把诗歌史割断撕裂,要留下空白,这显然是有问题的。不要说什么文本,诗歌的文本永远是时代的文本。就李白、杜甫而言,如果没有那个时代,能有他们?没有战国时代,哪有屈原?没有安史之乱,能有杜甫的那些诗?那是不可能的。包括辛弃疾的词,如果不是身处一个国家危亡的状态,他怎么可能写出那样"气吞万里如虎""醉里挑灯看剑"的词来?所以,中国百年新诗史,起码军旅诗是占半壁江山的。事实上,中国优秀的诗人也多数都有从军的经历,如老一辈的艾青,后来的昌耀等人,都有从军的历史,这也是不争的事实。

《文化艺术报》:您认为军旅诗歌有哪些自身独特的文学传统、思想资源和审美特质?

王久辛:说到军旅诗的文学传统,当然就要说到中国古代的诗人,其实屈原的诗里头是有军旅诗内容的,辛弃疾的词以及边塞诗,这些都是中国军旅诗的精神源泉。先贤们的诗歌精神构成了中国军旅诗人的精神背景。就我个人来说,我很偏爱屈原,偏爱边塞诗。最近又研究了辛弃疾,我更是非常非常喜欢。诗歌还是要有点刀光剑影,还是要有一点战争的气象。也就是说,要有一些男人的风骨,要有丰沛的阳刚之气。这种丰沛的阳刚之气对诗歌来说,就是一种能够淬炼精神的元素。在军队写诗的这些人中,我接触过的有李瑛、周涛、李松涛等,他们是我上一辈的诗人,我与他们有很友好的交往,甚至是非常深厚的友谊。在跟他们的交往中和我自身的体会中,我感觉我们生逢其时,刚好是在中国改革开放之初进入诗坛,然后几乎是伴随着思想解放和外来文化的涌入,逐步走进文坛。我的老主任徐怀中,他在我们解放军艺术学院就提出了一个口号,叫"迎着八面来风"。我们解放军艺术学院为什么是一个很了不起的学院呢?我上学的时候,学院没有教授,老师都是讲师,张志忠老师、黄献国老师、朱向前老师,都是讲师,我们与他们称兄道弟。虽然当时军艺没有教授,但把全国有名的活跃的那些教授、专家、学者、作家,包括艺术家,比如张艺谋、李德伦、谢飞等,也请他们来讲课。解放军艺术学院为什么能够出人才?它就是一所迎着八面来风、纳天入怀的大学,是一所没有围墙的大学。它把全中国能够请到的现当代文学中的翘楚,全中国知名度高的作家都请来给大家上课。所以它能够对这些学子产生非常大的启发,让他们进行思想碰撞并诱发他们创作。莫言,咱们就不说了。我是第三届的,我的同班同学有麦家、徐贵祥、阎连科、石钟山、李鸣生、陈怀国,尤其是写《南渡北归》的岳南,这些人都是中国文坛现象级的人物,而当时他们都是在文坛默默无闻的文学青年。

说到军旅诗歌的精神特质,我认为主要是人类意识、祖国意识,然后是个人的、职业的和地域的意识。军队的诗人跟地方上的诗人不一样的地方,是地方诗人永远生活在一个地区,而军队的诗人因为职业的性质,决定了他可以到处走,所以他的诗色彩丰富,他的人类意识也是很清楚的。尤其是改革开放以后,我们军队的诗人也有了世界的眼光,包括对祖国的认识,尤其是渴望祖国赶快繁荣富强的那种心态,从中国军旅诗人的诗作当中可以感悟到。

《文化艺术报》：您的诗写的一般都是大题材乃至重大题材，像《狂雪》《蹈海索马里》，这是否和您是军人有关？您在选材的时候是有意地选择，还是哪些东西触动了您，您才创作的？

王久辛：我在20世纪90年代之前，一直在写短诗、组诗，当时一个想法就是要在全国的刊物上发一遍自己的诗。我基本上在全国所有的省一级的刊物上都发表过作品，这个功课在20世纪90年代之前就完成了。在这个过程当中，也就是说在阅读与写作的过程当中，我突然意识到一个很严重的问题，实际上是被大家都忽略了的问题。中国自1840年以来曾经有一段非常屈辱的历史，这么一段屈辱史，我觉得随便抽出几件事、几个人，都是值得大写特写的。所以我觉得我们确实对自己的历史忽视的时间太长了。这是一个巨大的诗歌创作的富矿，但是诗人们一直都在写自己的那点儿小坎坷、小不如意，而且试图用这些东西去填充中国的诗歌史，去"蒙"世界大奖，我觉得这很可笑。作为一个中国诗人，你首先要把自己的历史搞清楚，在历史当中，哪一些事情对今天是有启发的，是有"撞击"的，你要去盯这些东西。如果你是一个有雄心的诗人，也是一个有足够才华的诗人，我觉得你应该这样去努力，这样去创造。

我关注重大题材，不是说我在迎合着要去写重大题材，而是碰上这个重大题材我就去写。我写的这些长诗吧，大约有十几首，不到二十首吧，都是我在阅读中、学习中发现了现实，它对今天有意义，而且越想越觉得有意义，越想越睡不着，所以我才去写的。比如我写《大地夯歌》的时候，就是写长征，是我在阅读当中发现的。哈里森·索尔兹伯里在书的前言中称长征为中国人求生存的一种努力。当时，年轻的读者可能不太知道，当时这个"求生存"变成了一个口号，甚至用"求生存"来解释中国革命的所有事情。这令我产生了怀疑，我觉得这是一个消解中国革命正当性的圈套。事实上，长征中的中共核心领导人，他们大多不存在生存问题。他们是一群有理想的人，唤醒了一大群没有理想的人，产生理想后，共同为理想奋斗、前进的伟大人群。长征从头到尾都是理想在鼓舞着士气，不是求生存，而是要创造人类美好社会的一曲战斗凯歌。我就是抱着这样一个信念，越想越坐不住，一口气写了1800行。这首长诗发表在《解放军文艺》上，产生了非常好的效果。

《文化艺术报》：近年您写了《大地夯歌》《零刻度》《肉搏的大雨》这些红色题材的长诗，这对您有特别的意义吗？

王久辛：我一直不太主张用"红色"这个词来概括革命文学，因为我认为革命文学是赤橙黄绿青蓝紫的，是色彩丰富的。若是你把自己限定在一种颜色上，我觉得是无形当中的一种拒绝。也就是说把自己孤立起来了，所以我不喜欢用红色题材之类的话来概括革命性的文学。我不主张用这个词，我主张庄重一点，就是"中国革命史的审美创作"，这就足够了。你的意思是不是说写了这些革命题材的作品，就显得我更革命，或者是为了得到什么样的奖赏？我不是这样想的，我没有这么强的功利心。但是我有我的技巧，或者说我有我的策略，都是写人性，比如长诗《艳戎》，是写西路军女红军战士的。既然是写人性，那我写西路军，这是一段不太愿意被人提起的历史，但可以最大限度地反映反人性的残暴。换个题材呢，就无法实现，无法达到。就是说这个题材，为我提供了书写抒发的广阔空间。你可以找来看一看，我把人性写到了什么地步，完全超越了所谓的各种各样的政治概念。真正感人的是当年这首诗发表在《诗潮》1990年第1期上，读者来信就登了8页。最小的读者是14岁的女生，她都看明白了人性的震撼力。我注重这个东西，你能把人性的震撼力写出来，那你就成功了。至于能不能得到嘉奖甚至获奖，那是另外一回事。

《文化艺术报》：每一个写作者，他所关注的内容和痛点是不一样的。您在写作的时候，会不会有一些让您困扰的问题，为什么这些问题，往往不会进入您诗歌写作的范围？

王久辛：是的，每一个人都不一样，都有各自不同的兴奋点、思考点、创作的切入点。每个人都不一样，也会有不一样的选择，不一样的人有不一样的兴趣点，这个是没有办法的，我也会有。历史、重大事件、人性，我对这三个东西很在意，就是这件事情，它如果不具备这三点中的一点，我是不会太在意的。

《文化艺术报》：很多诗人说，一个好的诗人，必须有长诗。您认同这个观点吗？

王久辛：那是当然，我就是这个观点。这个观点一直都是我在说，我起码说了三十年了。一个诗人写了一辈子，却都是鸡零狗碎，没有一首能够表达你的世界观、你的价值观、你的艺术观的长诗，那怎么行？我觉得必须要有这样的大作品。我们古代诗人为什么很少写长篇幅作品？因为古人用的字和表达的方式，确实不太适合写长篇幅作品。你看唐代诗人白居易的《长恨歌》，才一百来行，读起来就已经让人觉得有点儿累了。而且文言善于叙述，但不擅长表现细腻的感觉，一长就像音乐的闭环，有重复感。新诗就不一样，它拒绝直接使用成语和现成的词组，它是把成语和词组"化"，变成感觉的铺叙与直写，所以这样写的诗，包括长诗，就容易写得恢宏壮阔，跌宕起伏。我个人认为，一个好的诗人，一个有力度的诗人，他一定要有几部甚至几十部有力道的长诗。这类长诗可能不是那么讲究艺术性，但是宏观上看，几百行上千行的长诗，能够一口气把它挥洒出来，那也可以显示出一个诗人审美创造的功力、精神境界深邃博大的程度和勇敢开拓的独特性、先锋性与创造力。

《文化艺术报》：您理想中的长诗是什么样的？

王久辛：我跟很多人说过，我内心觉得最理想的长诗就是屈原的《离骚》那样的长诗。那样的细腻，那样的意象，那样饱满的情感，那样丰沛的才华，那样强烈的思想性和追问精神，对生命痛彻心扉的那种感受和表达，没有半个字是多余的，干干净净，一贯到底，让人绝望的长诗。我为什么认为在中国诗歌史上，屈原绝对是排在第一的？就是因为他的《离骚》《天问》《九歌》都是大东西。李白没有这样的作品，他的作品最长的也就是几十行。我觉得屈原从才华来说是中国顶级的诗人，我觉得他是前无古人、后无来者，他的诞生就是唯一的，到今天仍然是唯一的，包括世界上的诗人，我觉得世界上的长诗也没有比他更好的。包括我非常喜欢的奥克塔维奥·帕斯的《太阳石》，奥迪塞乌斯·埃利蒂斯的《英雄挽歌》，托马斯·斯特尔那斯·艾略特的《四个四重奏》等，他们跟屈原比起来，我认为他们都有非常大的差距。

《文化艺术报》：您对宏大风格的喜爱，是从何时萌生的？

王久辛：我少年时代就读了《离骚》《天问》《九歌》。《离骚》我是自己翻着字典一字一句翻译的，然后我拿我的翻译稿和郭沫若先生的翻译稿对比，我就觉得郭沫若先生不愧是大家，但是我做的这个功课对我非常有益，我觉得一开始我就遇到了最伟大的、最值得敬仰、最值得学习的诗歌典范式诗人屈原,我在最好的年纪接触了最好最经典的他,真是三生有幸,万分幸福!后来我读李白、白居易、杜甫,都感觉不过瘾。我内心的文本和楷模就是这样的,就是要写这样华丽空前、精神空前、艺术空前的大东西,遗憾的是至今还没写出来。我确实有点瞧不上那种小打小闹、鸡零狗碎、抖个小机灵、玩个脑筋急转弯式的诗,瞧不上,尽管我也写着玩儿。

《文化艺术报》:您曾长期在西北军中服役,后来去了北京,这段经历对您的创作有没有影响?

王久辛:我在戈壁滩当过八年兵,提干都是在戈壁滩上,从团机关、师机关到军区机关,一步一个脚印走上来,后来还出任《西北军事文学》的副主编,虽然"命令"是副主编,但主编是军区文化部部长,我是事实上的执行主编。更早的时候,我还在军区司令部直属工作部、政治部和文化部工作过好几年,宏观上对一个大军区的宣传文化工作有所把握,跟军区的作家李斌奎、周涛、朱光亚、贺晓风、李本深、周政保、唐栋、张广平、杨闻宇、陈作犁等联系比较多。我三十四五岁的时候就主持《西北军事文学》这本刊物了,虽然我的级别并不高,当时也才是正营级干部,但获得的眼光是不一样的,这些工作对我的锻炼非常大。大西北是我的精神原乡,终生难忘。

《文化艺术报》:可否谈谈您的文学传承,哪些作家对您的影响比较大?

王久辛：嗯，你提了两个问题，一个是文学传承，一个是影响我的作品。从文学传承上说，我当了一辈子兵，所以我接触的主要是军队的作家，我从老一辈作家身上学到了很多东西，而且也感悟到了很多东西。像徐怀中、刘白羽这些作家，还有《红日》《铁道游击队》《烈火金钢》《红岩》这些作品，都对我有很大的影响。可以说他们对我的理想、信念、生命有很大的影响。再就是俄罗斯文学，也对我有很大的影响。还有中国古代文学，我也特别喜欢。但是，真正对我有革命性启发的是我上军艺的时候，那个时候我读了威廉·福克纳、豪尔赫·路易斯·博尔赫斯、加夫列尔·加西亚·马尔克斯、克洛德·西蒙、弗拉基米尔·纳博科夫以及奥克塔维奥·帕斯的作品，等等。上军艺以后，我发现同样是对一件事情、一种事物、一个人的表达，但是外国人的表达就更切近生命，更切近感觉，切近灵性，更能够进入感觉的细枝末梢。这是我到军艺上学以后发现并感悟到的，也是创作实践当中运用最多的，包括在《狂雪》当中，大家也可以看到，细腻的感觉与细致的声响气味儿，和那种非常微妙的场景表达，就是直接的学习借鉴的独特表达。这样的表达，在中国传统文学中是没有的。也就是说，外国文学确实有它先进的地方，就是它在感觉的表达上，生命的那种切肤感受的弥漫式表现上，他们的叙述确实是高人一筹。这帮助我上了一个很大的台阶，对外国文学的学习是非常重要的，对我来说是革命性的，毕竟在过去，我阅读的大量作品都是本土作家创作的。吸收外国文学精华，并不影响我的艺术观，我甚至认为这更加易于深化自己的艺术思想，写出的作品反而更有自己的风格了。写诗，如果你要发表，你就要追求共鸣，如果没有共鸣，我宁可不写。我觉得我们要确立一个文学的共识，文学作品一定要有共鸣，共鸣面越大，影响越大。我觉得这个影响是两句话，第一句是当代的影响，第二句是未来的影响。今天有影响，未来未必有影响，最好的作品应该是今天明天都有共鸣的作品。

《文化艺术报》：有批评家指出诗人"离现实越近，离审美越远"。能否结合您的诗歌创作，谈谈诗人和现实的关系？

王久辛：怎么说呢，很多批评家基本上就属于半吊子，或者是不懂创作的批评家。诗人靠什么写作？诗人是靠感受写作的，没有感受怎么写，写什么？只有有感受的诗人，而且一定要感同身受的诗人，才能写出好作品。离现实越近，感受就越强烈。事实上，古今中外的传世之作，都是离现实很近的。那种远离现实的诗人，或者这种半吊子评论家，他们是不懂装懂。一个真正的写作高手，一定是对现实的感受非常强烈的人。你想想，如果你离现实很远的话，你一点感受都没有，凭空想象地写？我们说约翰·沃尔夫冈·冯·歌德写《浮士德》，那里面的人物，尽管是虚构的，但是那个虚构人物的一言一行都渗入了现实，全是约翰·沃尔夫冈·冯·歌德自己现实的感受；没有现实感受的融入，他的那个诗就不可能成为今天的人们读了仍然能够有感受的作品。对现实没有强烈的感受，他就不可能写出那种有感染力的作品。据我所知，费奥多尔·米哈伊洛维奇·陀思妥耶夫斯基的《罪与罚》，也是根据新闻事件写就的不朽经典，所以关注现实对于作家来说非常重要。这个半吊子评论家提出来的，我觉得是一个伪命题。审美是什么？审美就是在感受之上进行的艺术再造，是对感受的一种升级式的表达。所谓的艺术表达，是一种具有美学意义的，那样一种匠心独运的创作。现在有一些评论家根本就不懂创作，还特别爱当"教师爷"。现在对广大的文学爱好者来说，最重要的是要研究创作论、作家论。如果你热爱文学，你一定要去研究创作论和作家论，作家是怎么成长的，他是怎么创作的，有哪些方法，是怎么从生活到艺术的，是怎么从感受到审美的，所以作家创作最重要的就是感受。离现实近，感受就强烈，尽管这个感受可能会有这样那样的问题，不够全面，不够深刻，不够独特，这都有可能，但是你离不开感受，离了感受还谈什么审美？没有感受就没有审美，离开了现实，也就没有了感受，没有感受还谈什么艺术、谈什么创作？那就什么都没有了。

《文化艺术报》：您认为军队作家和普通作家相比，有哪些不同？

王久辛：军队作家跟地方作家相比，确实是有很多不同的，我觉得最大的不同就是他们的文化背景不同，精神背景不同，地域背景也不同。这三个不同，决定了他跟地方作家的创作格局也不同。军人自己就来自老百姓，这个跟地方作家是一样的，不一样的就是我说的这三个不一样。我认为军队作家与地方作家相比，有这样三个不一样，他就有优越性，这就是先天的优越性，不是说他比地方作家强多少，而是他先天具有这三个优越性，是地方作家所没有的。对不住啊。

《文化艺术报》：对年轻的写作者，您有话要说吗？

王久辛：不要相信未来，希望永远在今天，所以理想必须要从今天、从今天早上起床开始，就投入。

《文化艺术报》全媒体记者：刘龙、赵命可

（本文原载《文化艺术报》2023年8月9日）